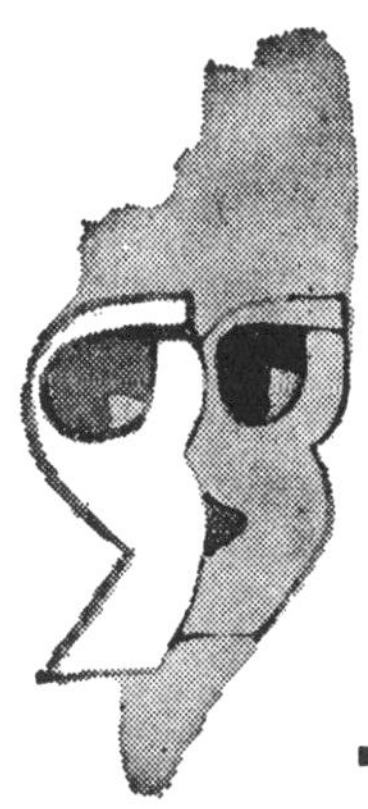

二葉亭四迷

●人と作品●

福田清人
小倉脩三

清水書院

原文引用の際，漢字については，
できるだけ当用漢字を使用した。

序

青春の日に、いろいろな業績を残した史上の人物の伝記、あるいはすぐれた文学作品に触れることは、精神形成に豊かなものを与えてくれる。

ことに苦難をのりこえて、美や真実を求めて生きた文学者の伝記は、強い感動をよぶものがあり、その作品の理解のためにも、大きな鍵を与えてくれるのである。

たまたま私は清水書院より、若い世代を対象とした近代作家の伝記及びその作品を解説する「人と作品」叢書の企画について相談を受けた。執筆者もできるだけ新人をということで、私が主任をしていた立教大学の大学院に席をおきながら、近代文学を専攻している諸君を主として推薦することにした。そして私も編者として名前を連ねることになった責任上、その原稿には眼を通した。

こうして、その第一期九冊が出版されたのは一九六六年五月であったが、つづいてその第二期を出す運びとなった。

その中の一巻がこの「二葉亭四迷」である。執筆者小倉脩三君は成城大学から、立教大学大学院に入り、私の研究室にあり、すでに修士の学位をえて、博士課程で近代小説を研究した篤学の士である。ここにわが近代小説の創始者ともいうべき二葉亭をとりあげ、政治か文学かの問題に苦悩しつつ真剣に生き、清新な言文一致体を創始し、またそのすぐれた翻訳で近代文学に大きな影響を与えた二葉亭の生涯と、その作品を、平明に解説している。

二葉亭の生涯こそ、近代の小説家で最も波瀾にとんだ一人で、ここにもうかがわれるその真剣な生き方は若い人々に多大の感銘を与えるにちがいない。

私は過ぐる年、波荒いベンガル湾を航海し、その洋上で雄図空しく永眠した二葉亭のことを強くしのんだ日のこと、その前、シンガポールに寄港した折、二葉亭の眠るパセパンシャンの丘はどこであろうかと、デッキの上から祈りの気持ちをこめて、眺めていたことも、しみじみと思い出すのである。

福田清人

目次

第一編　二葉亭四迷の生涯

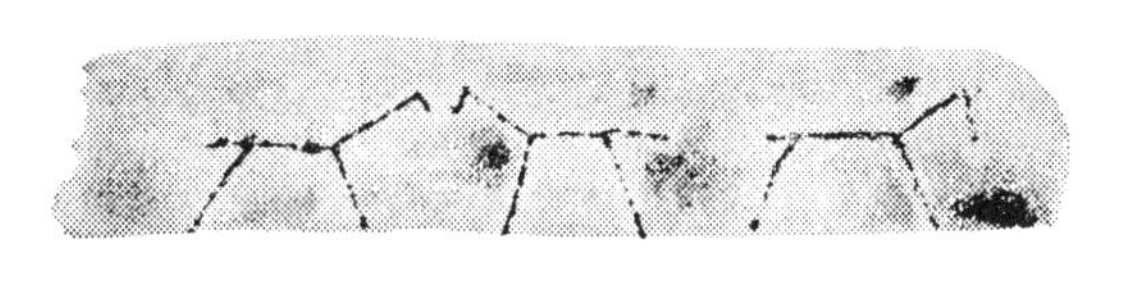

第二編　作品と解説

第一編　二葉亭四迷の生涯

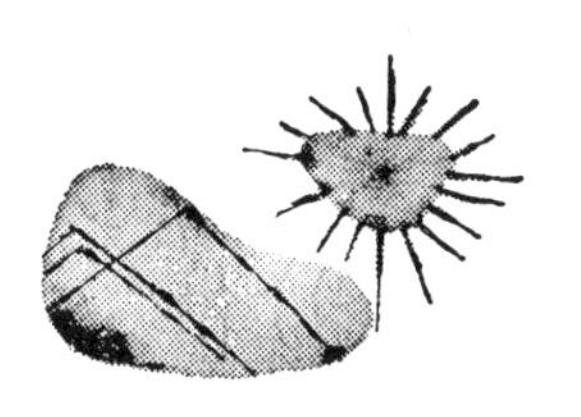

文学への眼覚め

——軍人志望から文学へ——

二葉亭が自らに「くたばってしまえ！」と言い放って、ペンネームを「二葉亭四迷」とした、と言う話はよく知られている。四十六歳の生涯において彼がのこした小説は処女作『浮雲』をはじめとしてわずかに三編、他に二十数編の翻訳と数編の文学論があるのみである。しかもその間には幾度も文学を放棄し、後半生は、自分が文学の世界に足をふみ入れたことを若気のあやまちとして何よりも後悔した。

しかし、その業績の、文学史上にのこる価値は非常に大きく、現在、彼が近代文学の最も偉大な先駆者の一人であることを疑うものはいない。

彼の波瀾おおい生涯をたどりながら、その業績と、その業績の背後にある、明治の一知識人としての二葉亭の人間的苦悩にふれてゆきたいと思う。

下級武士の生まれ

二葉亭四迷、本名長谷川辰之助は、元治元年（一八六四）二月二十八日、江戸市ガ谷合羽坂（かっぱざか）の尾州藩上屋敷で生まれた。

父吉数（よしかず）は、尾州藩の下級武士であったが、特に御鷹場吟味役（おたかばぎんみやく）として江戸づめを命じられていた。それは、藩

父

母

主の鷹狩にお伴する小姓という役目である。吉数は、その美男をかわれて、その職にとりたてられたといわれている。二葉亭の生まれた元治元年という年は、明治元年から逆算すると四年前で、倒幕運動の幕あけともいうべき藤田小四郎の筑波山挙兵、イギリス・フランス・アメリカ・オランダ四国連合艦隊の下関砲撃、第一回長州征伐とあいついだ事件がおこるというように、内外両面、維新にむかって、風雲急をつげる情勢であった。しかし、二葉亭の生まれた尾州藩上屋敷は、そういう緊迫した情勢とはおよそ無縁で、晩飯のあと、母志津が三味線をひけば、父吉数がほろよいきげんで常盤津をうたうという、いわゆる江戸末期の御家人風の呑気な生活であったといわれている。

　のちの二葉亭は武士の出らしい潔癖な気骨がある反面、俗曲をたしなんだりする遊び人で、その適度の融合が彼の文学の一つの特質であるが、それは幼時のこうした生活環境と無関係ではない。

尾州藩上屋敷

二葉亭が四歳のときに明治維新をむかえた。周囲の情勢は、それまでとは一変して騒がしくなった。

維新の空気

「維新の騒ぎの光景も多少は幽かに記憶へてゐる。中には鮮やかに残つてゐて、今でも眼の前に歴々と浮べることの出来るものもある。これは維新の当時因州兵が藩邸へ入り込んでゐた事があつた。つまり宿営させてやつたのさ。で、その兵隊どもの、だんぶくろに丁髷に陣笠といつた服装、あれは今でも目に付いてゐる。その頃私は五歳か六歳、邸内で遊んでゐると、よく兵隊どもが出入に挑戯つたものだ。」（『酒余茶間』）

と、彼は追憶している。また当時江戸は、辻切りが出没したりして、だれだれがやられた、という話が耳に入るような物騒さであった。

「親父が外へ出て夕方になつても帰つて来ない。すると子供心にも心配になる。親父が無事に帰つて来ればいゝといふ……やうな不安な気持になる。長屋を出て見にゆく。邸内の松林の立続くあたりに、蒼然と昏れゆく夕空の下、何時親父の帰つて来る路を眺めやりながら、行きつ戻りつして待つてゐる。子供心にも暗愁が胸を蔽うて来る。で、ともすれば昏れゆく夕空を仰いで、悽然として物寂しい気分になる――」（『酒余茶間』）

ということもあった。そういう動乱の空気に触れたことは、後に彼が国家問題や政治問題に関心を持つ原因になったと、彼自身述懐（じゅっかい）している。

一方、父吉数は、尾州藩が親藩であったけれども早くから勤王派（きんのうは）であったためもあり、維新に際して特に危害もうけず、むしろ日頃の如才のなさと仕事上手が認められて、明治元年十一月には、東京御留守居調役に任ぜられ昇給している。御留守居調役というのは、一種の藩の会計役である。

漢学

明治元年十一月、諸藩の江戸屋敷引払いとなり、吉数は東京御留守居役調に任ぜられたのであるが、それと一緒に、二葉亭と母、祖母家族のものは、父だけを江戸に残して名古屋へ引きあげることになった。江戸市中は相変わらず物騒であったから疎開したわけである。

名古屋で彼は、初めて学問を習いはじめた。漢学塾に入る一方、叔父によって漢文の素読（すどく）など、武士的教育がなされた。彼自身後に、

「儒教の感化をも余程蒙（こうむ）つた。（中略）一寸、一例を挙げれば、先生の講義を聴（き）く時に私は両手を突かないぢや聴かなんだものだ。これは先生の人格よりか『道』その物に対して敬意を払つたので。かういふ宗教的傾向哲学的傾向は私には早くからあつた。」

（『予が半生の懺悔』）

と書いているようにこの漢学は、彼に大きな影響を与えるところとなった。

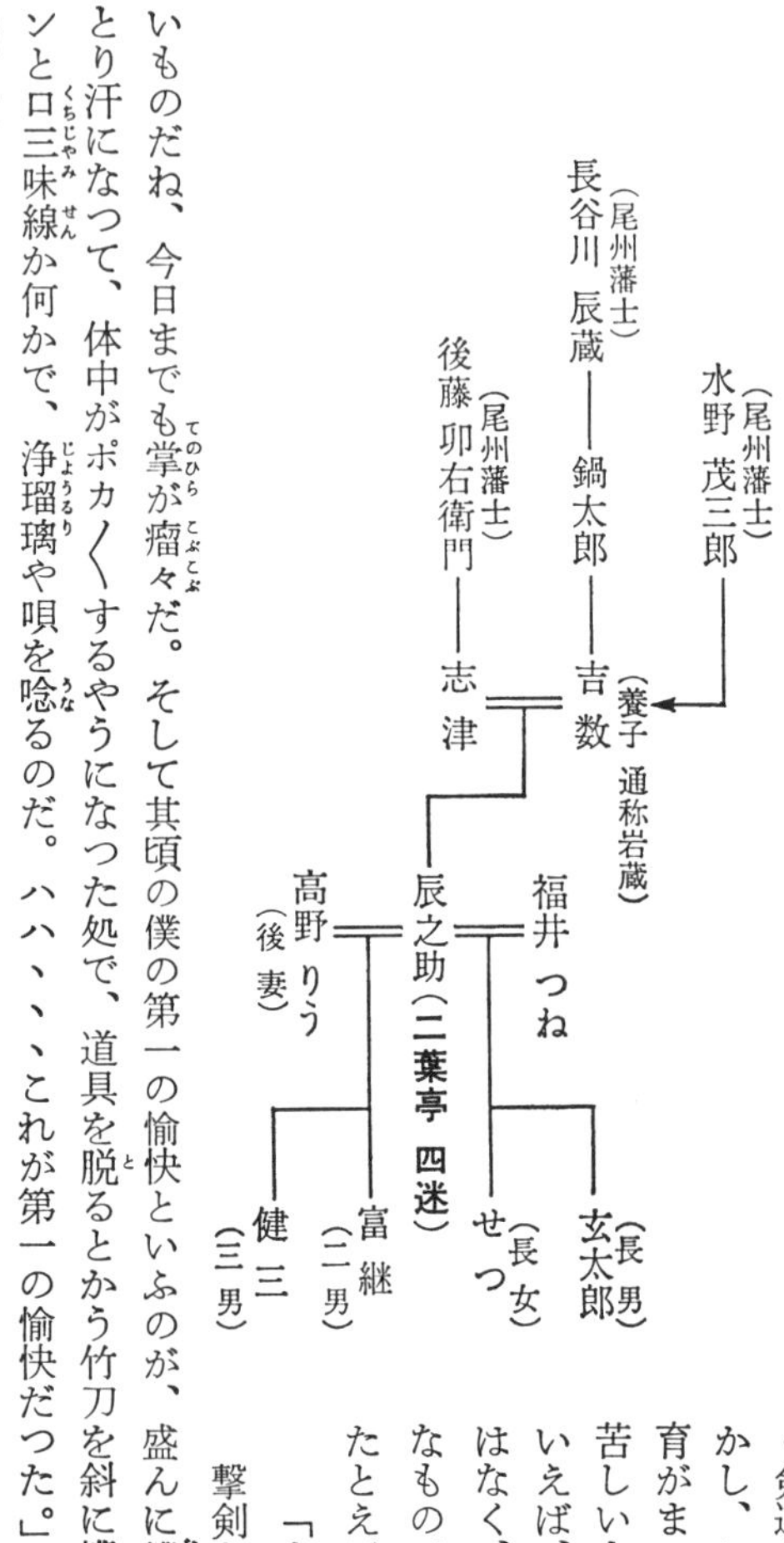

また、武士の子供らしく剣道も習っている。しかし、ここでなされた教育がまったく武士的で堅苦しいものであったかといえば、必ずしもそうではなく、かなりゆるやかなものであったことは、たとえば、

「十四五位で盛んに撃剣をやつたさ。ひどいものだね、今日までも掌が瘤々だ。そして其頃の僕の第一の愉快といふのが、盛んに撲り合つて、じつとり汗になつて、体中がポカポカするやうになつた処で、道具を脱るとから竹刀を斜に構へてチンテンツンと口三味線か何かで、浄瑠璃や唄を唸るのだ。ハハ、、、これが第一の愉快だつた。」

（『酒余茶間』）

と記されていることからも想像される。

我がまま

『平凡』の一節に、

「兎に角祖母は此通り気難かし家であつたが、その気難かし家の、死んだ後迄噂に残る程の祖母が、如何いふものだか、私に掛ると、から意久地がなかつた。

何で祖母が私に掛ると、意久地が無くなるのだか、其は私には分らなかつた。が兎に角意久地が無くなるのは事実で、評判の気難かし家が、如何にでも私の思ふ様になつて了ふ。

まず何か欲しい物がある。それも無いものねだりで、有る結構な干菓子は厭で、無い一文菓子が欲しいなどと言出して、母に強要る(ねだ)が許されない。祖母に強要る、一寸渋る、首玉へ嚙り(かじ)付いて、ようくと二三度鼻声で甘垂れる、と、もう祖母は海鼠(なまこ)の様になつて、お由(よし)――母の名だ――彼様(あんな)に言ふもんだから、買つて来てお遣りよ、といふ。」

とあるが、一人っ子で父がおらず、祖母と母を交えた彼の名古屋での生活は、これに類似して、かなり我がままほうだいのものであったと思われる。彼自身も幼年時代をふりかえって、外に出ると臆病であったけれども、家人に対してはわんぱくを極めた。毎朝母に衣服を着せてもらったが、いつも一度ではすまず、気に入らなければ二度でも三度でも着かえさせてもらうというように、だだをこねて母を苦しめ、「概して云ば当時予の心状は卑劣なりしなり」(『自伝第二』)と述懐している。

また八歳のとき、名古屋藩学校に入学し、翌年には東京に帰ったため、わずか一年ではあるが、英語とフランス語を習った。維新になっても、明治四年の廃藩置県までは藩が存続し、各藩の教育機関として藩学校があり、進歩的な藩では、外国語教育が取り入れられていたのである。

軍人志願

名古屋より東京へ帰った二葉亭は、明治八年、父が島根県吏となったため、再び東京を離れ松江に行き、ここで十一歳から十四歳までの三年間をすごした。その間、内村友輔の相長舎と松江変則中学校*に学んでいる。内村友輔は昌平黌出身の儒学者であり、二葉亭は相長舎において漢学を、松江変則中学校において英語を中心とするヨーロッパの学問を学んだ。当時は一方では漢学を学び、他方ではヨーロッパの学問を学ぶという二重性は、ごく一般的であり、夏目漱石や森鷗外も同様であった。そして漢学の下地は、彼等の人格をつくる上で非常に大きな比重をしめている。二葉亭におけるその影響は、彼の告白として前にふれたとおりである。

松江時代の二葉亭は、地方では目立つような都会風のハイカラな身なりの、華奢な男であったといわれている。父の同僚の話すところによれば、それでも持てあまし気味の茶目であり、二葉亭自身友人の内田魯庵に語ったところによれば、

「陸軍大将を終生の希望とし乱暴して放屁するのを豪いやうに思ってゐた」（内田魯庵『おもひ出す人々』）

また、二葉亭の伯父は、西南の役に召集されて戦った人であるが、西郷びいきの二葉亭はその伯父が官軍

＊ 変則中学校　明治五年の学制でヨーロッパにならって小・中学校が作られその教科課程が規定されたが、それが理想的すぎて実状にそぐわず、特に地方などで規定外の小・中学校が作られた。そのひとつが変則とよばれるものである。

だということが気に入らないで、たびたび議論をしかけ困らせたといわれている。

外国語学校

明治十一年、十四歳のとき、二葉亭は上京、四谷の親戚の家に寄食した。陸軍士官学校受験のためである。彼は、愛宕(あたご)下の高谷塾に入塾した。この頃より、それまでのやんちゃとうってかわって、にわかにまじめに勉強するようになったといわれている。

しかし残念ながら、彼は、三たび陸軍士官学校を受験しながら、失敗におわった。原因は強度の近視によるものであった。肉体的欠陥が、その原因とすれば、駄目なことはほぼわかっていたはずである。にもかかわらず、三度も受験をこころみたことは不思議であるが、彼の軍人になりたいという志の強さと、一徹な性格を物語っているともいえよう。

明治十四年、十七歳のとき、彼はついに士官学校をあきらめ、外国語学校のロシア語科を受験した。ロシア語を選んだ理由は、当時特に、ロシア語科に、中国語・韓国語とならんで官費制度（全員が寄宿舎に入り、すべての経費を国が負担する制度）が設けられていたためもあったが、二葉亭の場合単にそれのみではなく、国家の大事は将来必ず日本——ロシア間にあり、そこで活躍することが、軍人にかわる道としては、最も国家のためになり働きがいのある仕事と考えたためであった。彼は『予が半生の懺悔(ざんげ)』の中で次のように書いている。

「そこでと、第一になぜ私が文学好きなぞになつたかといふ問題だが、それには先(ま)づロシア語を学んだい

東京外国語学校

はれから話さねばならぬ。それはからだ——何でも露国との間に、かの樺太千島交換事件といふ奴が起つて、だいぶ世間がやかましくなつてから後、『内外交際雑誌』なんてのでは、盛んに敵愾心を鼓吹する。従つて世間の輿論は沸騰するといふ時代があつた。すると、私がずつと子供の時分からもつてゐた思想の傾向——維新の志士肌ともいふべき傾向が、頭を抬げ出して来て、即ち、慷慨愛国といふやうな輿論と、私のそんな思想とがぶつかり合つて、其の結果、将来日本の深憂大患となるのはロシアに極つてる。こいつは今の間にどうにか禦いで置かなきやいかんわい——それにはロシア語が一番に必要だ。」

二葉亭は全国から、集まって来た受験生一百五十人から、二十五人を選び出すという難関を見事突破して外国語学校に入学した。

当時、外国語学校の寄宿舎は、一室に八人ずつで、一台の寝台に四人ずつ寝かされた。そしてその同室内でも二葉亭はもっとも勉強家で、夜寝るにも毛布をクルリと頭からかぶるだけで、枕もとに常に本をはなさず、眼がさめればいつも読書をしていた。もちろんそんなふうだから学問もよく出来、非常な秀才として同科のものにはもちろん、他科のものまで彼を尊敬し、教授達も、彼には一目おいていたといわれている。

そういう二葉亭は他面、単に勉強だけではなく、雑談を好み、遊ぶこともよく遊ぶというふうで、日曜日には、ビールびんに酒をつめて向島や飛鳥山などの郊外を散歩したり、あるいは、その頃寄席に出ていた鶴賀若辰という盲目の老婆の新内語りをひいきにして、酔うとよくそのふしまわしを真似たといわれている。

外国語学校入学当時の四迷

しかも当時外国語学校の入学資格は、満十四歳で、十四・五歳のものが多かった中で、十七歳の二葉亭は年上のほうであったので、自然彼はクラスの中で兄貴分になっていた。もっとも、単に年かさで、勉強が出来て、よく遊んだからといって、必ずしも兄貴分にとりたてられるとも限らず、また二葉亭が、この後に教授として学生達と接触する度々の機会に、いつも彼等の人気を獲得している点から推測すると、彼の性格の中にはどこか、そういう、人をひきつける独特の魅力があったのであろう。それは彼の、人を裏切らぬ誠実さであったかもしれないし、また強い憂国の熱情であったかもしれない。

外語の授業

当時外国語学校のロシア語教育は、単にロシア語を語学として教えるだけではなく、どの学科もロシア語の教科書を使い、講義もほとんどロシア語でやるというように、徹底したもので、全国から選ばれた生徒を相手になされるその授業は、後の旧制高等学校とは、くらべものにならない高度のものであったといわれる。

教授陣も、主任のメチニコフをはじめとして、ニコライ＝グレー、古川常一郎、市川文吉等、いずれも一流の個性の強い人物であった。メチニコフは、有名な細菌学者メチニコフの兄で、イタリアの独立戦争に参加して片足を失った、という経歴の持主であり、専門は地理学者であるが、後にヨーロッパに帰ってからは仏文で、『日本帝国』という本を出版している。

ニコライ＝グレーは、二葉亭に特に影響を与えた人で、非常な文学好きであると同時に、故国ロシアの専制を教壇から攻撃してはばからないというような熱血漢であった。彼はまた、朗読がうまく、身ぶりを交えて彼が教壇で読む小説は、生徒間に大変人気があったそうである。

この二人のロシア人は、いずれも政治的亡命者であって、その政治的情熱は、単に、語学の教師であるという以上の影響を生徒たちに与えた。特に二葉亭は、その感化を強く受けたのであって、後の彼のいわゆる自称「社会主義者」なる思想的傾向の大半は、この二人の影響力によったと考えられる。

一方、日本人の教授、古川常一郎と市川文吉は、いずれも社会的野心と無縁の変人であり、希望すれば重要な地位につける学識や縁故もありながら、人に頭をさげ、意にそわぬ仕事をすることをいさぎよしとせず終生日のあたらぬ道を歩み続けた。

彼らはその性格面において、生徒たちに影響を与えた。二葉亭自身、生涯その潔癖感から自分の身を巧妙に処す、ということができず、実力に値しない不遇な生涯であった。もちろんそのことについては、生来の性格もあってのことであろうが、この二人の師の与えた影響も見のがすことはできない。

ともかく、いずれも何らかの事情で社会の表舞台からかくれているというような、逸材たちであった。

その意味では、二葉亭らの受けた教育は、非常に恵まれたものであったといえる。そういう恵まれた環境にあった生徒の中でも、とりわけ二葉亭は熱心であった。成績も抜群で、第四年次のときのものを列挙すると、一〇点満点中、幾何（一〇）、代数（九・八）、物理（九・七）、歴史（一〇）、作文（一〇）、会話（一〇）、暗誦（一〇）、文法（一〇）、訳文（九・六）、修身学（八・〇）、和漢文（九・〇）、体操（七・九）で、もちろん首席であった。とりわけ作文（ロシア語によるもの）は、修辞をこらして、幾度も推敲し、非のうちどころのないものであったといわれている。

文学への興味

「物理、化学、数学などの普通学を露語で教へる傍、修辞学や露文学史などもやる。所が、この文学史の教授が露国の代表的作物を読まねばならぬやうな組織であつたからである。するうちに、知らず識らず文学の影響を受けて来た。」（『予が半生の懺悔』）

とあるように、高学年になると、先に記したニコライ＝グレーによって、ロシアの有名な小説を教材に教えられた。その方法は、本が生徒ぜんぶに行きわたるほど幾冊もあるわけではないので、グレーが例の名調子で、手ぶりよろしく小説を読んで聞かせる。生徒はそれを黙って聞いていて、終わるとその小説に現われた主人公の性格や行動を批評したものを書いて提出する。グレーはそれをいちいち赤インキで直してくれる、というものであった。そしてそれを毎日のように行なった。

したがって、読んだ小説の数は相当なもので、とりあげた作家も、レールモントフ、ツルゲーネフ、ゴーゴリ、カラムジン、カラゴゾフ、トルストイというように多く、しかも当時（明治十七、八年ごろ）の文学者の外国文学の知識が、かなり知っているという人でも数冊の本しか読破していないことを思うと、ここで行なわれた外国文学の教育は、非常に進んだものであったといえる。しかも、主人公の性格を批評し、作者の意図を問題にする、という読み方は、現在では何でもないことのようであるが、文学が単に娯楽であって、批評するといっても「ここがいい」とか「あすこの書き方がうまい」とか、文章の技巧しか問題にしない当時にあっては、非常に進歩的な方法であったといわなければならない。

文学が、社会を批評し、人生問題をほりさげる道具として扱われるのは、ヨーロッパ文学が日本に入って来て以来のことなのであって、それを別に何とも思わず、まるであたりまえのように行なっていた点にも、ここの教育のずばぬけた新しさがうかがえる。そういう進歩的、魅力的な教育が、友人の大田黒重五郎がいうように、「元来文学の素質のあった」二葉亭をほっておくはずがない。彼を知らず知らずのうちに文学に深入りさせることとなるのである。

その授業で、二葉亭の提出する「答案には紅インキのあとがない、たまにありとすれば、露西亜の習慣から来る字の使用位に、注意がしてあったばかりでした。」と大田黒は書いている。しかも習ったものは、すべて自己のものにしなければおかない二葉亭は、それだけではあきたらず、かなり大部のベリンスキーの審美論を、学校の図書室で読破し、単に受けうりではなく自分流にそれをものにしていたといわれている。

しかし、彼がここでいだいた文学への関心は、文学そのものへの関心ではなく、いわんやまだ文学者になろうなどという気持ちは、毛頭なかった。その関心は、元来、清元など陶然と口ずさむ二葉亭のことであるから、無意識に文学的なものにひかれる気持ちはあったとしても、意識の上では、それがとり扱う社会問題にあった。彼自身「私のは、普通の文学者的に文学を愛好したといふんぢやない。寧ろロシアの文学者が取扱ふ問題、即ち社会現象――これに対しては、東洋豪傑流の肌ではまるで頭に無かつたことなんだが――を文学上から観察し、解剖し、予見したりするのが非常に趣味のあることゝなつたのである。で、面白いといふことは唯だ趣味の話に止まるが、その趣味が思想となつて来たのが即ち社会主義である。」（『予が半生の懺悔』）と書いている。トルストイ、ツルゲーネフ、ゴーゴリ等の、十九世紀ロシア文学、とりわけ、ツルゲーネフの『父と子』などが特に印象づけられた。民衆の自由や農奴の解放など、それらが標榜する「自由平等」の思想が彼の心をとらえたのである。その文学の知識が思わぬ事態の急変によって、結局一生役立つこととなろうとは、彼自身思いもよらなかったにちがいない。

野心と絶望

――『浮雲』の折筆まで――

外語の廃校問題

二葉亭をして、文学におもむかせた直接の原因となったのは、外国語学校の廃校問題である。明治十八年、外国語学校は廃止され、ロシア語科は東京商業学校（現在の一橋大学の前身）に合併された。今考えれば何でもないことのようであるが、当時の学生にとっては重大事であった。何故ならば、外国語学校には武士の子弟が多く、商業学校には商人の子弟が多かった。士族気質のぬけない外国語学校の学生達は、「何のでっち学校が」という、商業学校を馬鹿にする気持ちもあったが、何よりも、自分たちを無視した政府のやり方にいきどおった。生徒だけではなく、教授であるニコライ＝グレーなども、自分はロシアの専制政治に反対してきた者であるが、文部省当局の仕打ちは、そのロシア政府よりひどいと憤慨したといわれる。ともかく全校をあげての猛反対であったが、当時はまだ、今日のようにデモのような団体による反対運動というようなものはなく、個人的に校長に直談判するというものであった。そして合併が実施されると、強堅な反対者は思い思いに退学届をたたきつけて飛び出してしまった。二葉亭もその一人である。彼等の気持ちとしては、学校のやり方が気にくわないから、自分のほうから止すぐらいの軽い気持ちであった。

しかし、その軽い気持ちでした行為が、結局二葉亭の将来を狂わしめたのであった。彼の志望は、官吏となってロシア外交の先端に立ち、国家の大事に役立つことであったが、我が国の官僚制度は、当時すでに、しだいに学歴重視主義にかたまりつつあり、学歴の確かでないものは、重要な地位に登用されないのである。中退では、仕官したところでせいぜい地方官吏というところである。最高学年まで進み、学力の点では申し分ない。単に卒業証書があるかないかの違いだけである。そんなささいな違いが、社会的地位を左右するというのは明らかに理屈にあわないことであるが、否定出来ない事実であった。正式に卒業した友人たちは、それぞれ思い思いの勤め口を得たのに、中退した二葉亭には思うような口はかからなかった。

そういう事態は、世間を知った新任校長矢野二郎には十分予測できたので、二葉亭をはじめそういう血気盛んな者たちの才能を惜しんだ彼は、一人一人直接に新制度の必要性や、また、卒業するとしないことで生ずる一身上の利益についてといて聞かせた。一方では彼等のために給費の継続をはかったり、就職の相談にのったり、つとめて彼等の便宜(べんぎ)をはかった。親身な世話によって、極力慰留しようとした。大田黒重五郎や平生釟三郎など一度は退学を決意した者も、その慰留に応じ、その後大いに矢野の人柄に心服することとなったのであるが、二葉亭は、持ち前の反骨精神から一たび反対した側につくことをいさぎよしとせず、また、あれほど親しく互いに反対をとなえあった友人たちが、矢野の説得にあって、手のひらをかえしたように親矢野派になってゆくことへの反発も手つだって、断固(だんこ)退学してしまったのである。

矢野はついに、卒業まで二、三ヵ月のことでもあるし、卒業試験も受けない二葉亭に、卒業証書を与えようとしてくれたのであったが、彼はその好意さえもけってしまった。

父の免職

しかもこの年（明治十八年）に父吉数は、長く務めた会計官を免職となっていた。会計課長までも進み、一時はかなり生活に余裕もあったが、免職すると、月額十一円の恩給とわずかばかりの公債が残るのみであった。わずかな貯え（たくわ）をひき出しながらの生活であったため、この時一家の期待はひとえに二葉亭の仕官にかかっていたのである。退学は、そういう事情をもちながら、あえてとった行動であった。

二葉亭は、退学するとすぐ一家を養うために職をさがさなければならなかった。しかし前にものべたように、中退の彼に思うような職はなかった。

父吉数が会計官をやめて以来、一家は神田猿楽町に住まっていた。二葉亭は、浪人ぐらしをつづけるうちに、しだいに偏屈（へんくつ）になり、その家の土蔵にとじこもることが多くなった。

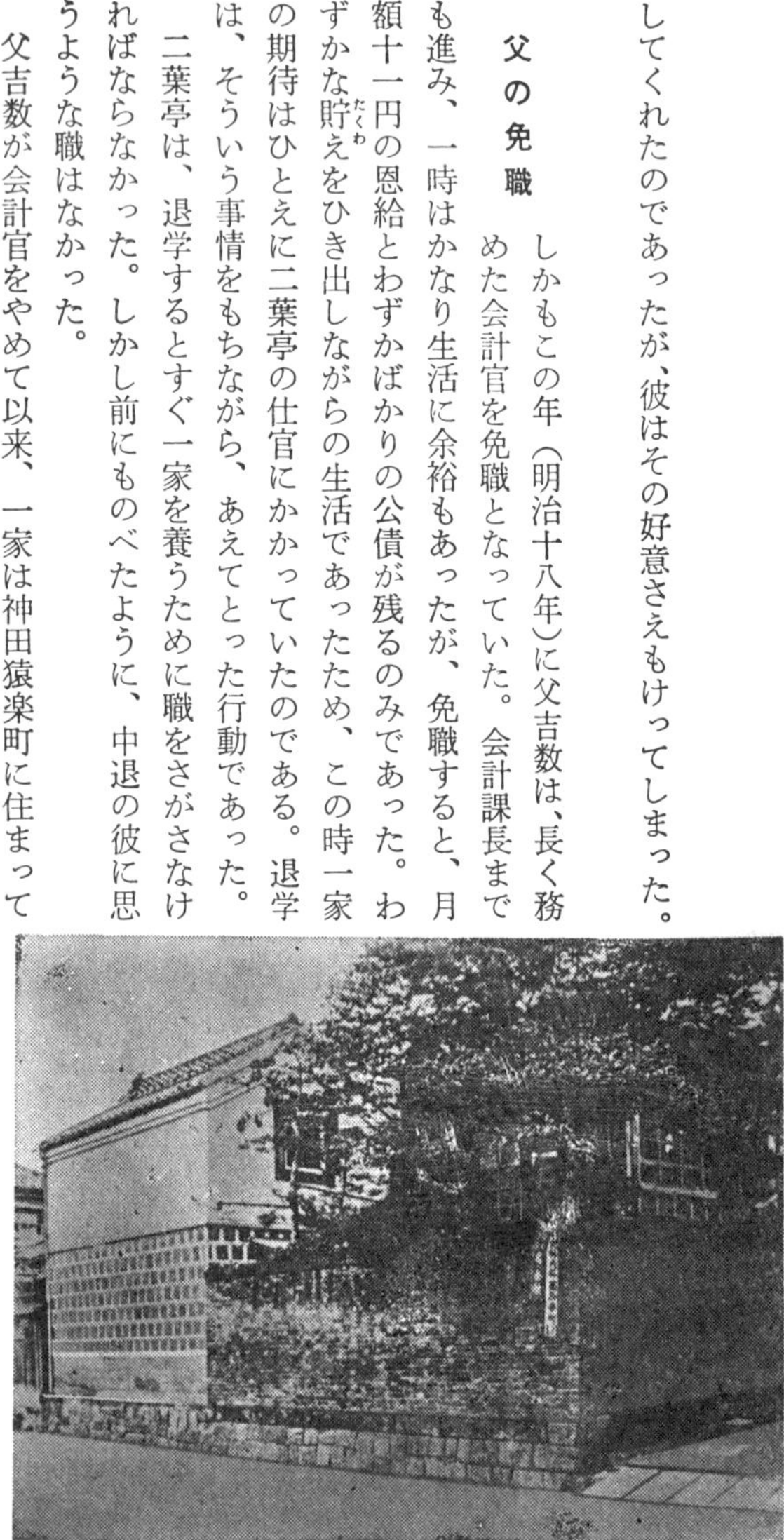

猿楽町の家

「どうして辰之助は、ああ変人になったのだろう」

と、父母はよくなげいていたといわれている。

逍遙との出会い

そういう二葉亭を文学界へおもむかせる動機となったのは、折からの坪内逍遙のはなばなしい活躍ぶりであった。逍遙は、明治十八年、『小説神髄』と『当世書生気質（かたぎ）』を発表、一躍人気作家として全国に名をとどろかせた。特に人々を驚かせたのは、それまでやくざな仕事とされていた小説を、最高学府を卒業した文学士が書いたことであった。文学士が小説の筆をとることは、当時としては弁護士の娘が女優になったり、華族が興行師となる以上に意外なことであったといわれている。

坪内逍遙著『小説神髄』の表紙

逍遙の出現が当時世間にあたえた影響を、内田魯庵（ろあん）は、

『小説神髄』から続いて『妹と背かゞみ』を発表し、スモレット、フォールディング、ディッケンス、サッカレー等の英国小説家が大文豪として紹介され、戯作（げさく）の低位から小説が一足飛びに文明に寄与（きよ）する重大要素、堂々たる学者の使命としても恥かしくない立派な

事業に跳上つて了つた。夫まで政治家以外に青雲の道が無いやうに思つてゐた天下の青年は此の新しい世界を発見し、俄に目覚めたやうに翕然として皆文学に奔つた。」（『おもひ出す人々』）

と書いている。事実、尾崎紅葉や山田美妙等多くの作家たちが、この逍遙の成功に衝動されて誕生している。二葉亭もその一人であった。彼は外国語学校で、偶然外国文学に接し、ひかれたのであるが、これまでは、それを終生の目的とする気持ちはなかった。しかし、不慮の退学で、当初の志望もままならず、もんもんと浪人生活を送っていた折から、この文学勃興の機運に接し、彼の心は急激に文学に傾いた。

明治十九年一月二十五日、意を決した二葉亭は、『小説神髄』をたずさえて、逍遙宅を訪問した。時に逍遙二十七歳、二葉亭二十二歳である。

坪内逍遙夫妻

「当時の春廼舎朧の声望は旭日昇天の勢ひで、世間の『当世書生気質』を感嘆するや恰も凱旋将軍を迎ふる如くであつた。が、世間が驚嘆したのは実は威力ある肩書の為めであつて、其実質は生残りの戯作者流に比べて多少の新味はあつても決して余り多く価値するに足らなかつたのは少しく鑑賞眼あるものは皆認めた。況してや偉大なる露国文学の一とわたりを究めた二葉亭が何条肩書に嚇かされよう。世間が『当世書生気質』や『妹と背かゞみ』や『小説神髄』を感嘆する幼稚さを呆れると同時に、文学上の野心が俄にムヅムヅして来た。尤も進んで春廼舎と競争しようといふほど燃上つたのではなかつたが、左に右く春廼舎の技巧や思想の歯痒さに堪へられなくなつた結果が『小説神髄』の疑問の箇処箇処に不審紙を貼つたのを携へて突然春廼舎の門を叩いた」（『おもひ出す人々』）

と内田魯庵は書いている。春廼舎朧とは逍遥の別の雅号である。魯庵の文章は少し大げさとしても、二葉亭が逍遥の門を叩いたうらには、多少の自負はあった。

事実また、このとき二葉亭の知識は、ベリンスキーからトルストイ、プーシキン、ゴーゴリ、ツルゲーネフ、ドストエフスキーにわたり、その広さ深さは、逍遥をして、自らの知識を恥じ入らせるほど、驚かせたのである。知識のみならず逍遥の眼をみはらせたのは、その天才的性格であって、逍遥は『柿の蔕』と題する文章の中で、

「自分の座右の書としては、主として十九世紀中葉のイギリス文学、スコットやリットンやヂッケンス程度乃至マリヤツトやヂューマ風の大衆物が関の山の私は、彼れにぶツつかつて、全く別種の文学論を聴き

別種の人格を見た。怖ろしく内省的で、何事に対しても緻密で、精刻で、批判的なのだが、決して容易に断定はしない、常に疑問的で、じれッたい程に慎重な態度であつて、さうして其深沈な態度に一種不思議な魅力があつた。彼れのやうな性格がわが同胞中にあらうとは予想してゐなかつた私は、彼れの議論に驚くよりも、彼れの性格の特殊なのに驚かされた。」

と書き、

「嘗て私は二葉亭を以つてわがルーソーに擬して見た。」

とまでいっている。

この出会い以来、師である逍遙は、弟子である二葉亭を、きわめてあたたかくむかえ、一方は最高学府を卒業し、天下に名のとどろく文学士、一方は外語中退の素浪人という外面上はともかく、内面的には対等か、それ以上かというような、破格の子弟関係がはじまった。二葉亭は、十日に一度は逍遙宅を訪ねた。

そういうとき彼等の話は、小説中の人物評論から、結局おたがいの性格評にうつり、二葉亭は、君にはこれこれの美徳があり長所があるが、自分にはそれがことごとく欠けている、自分にはこれこれの短所があり、これこれの悪癖がある、と自己批判を始めるのが常であった。はじめは、それを自分を慰めてくれるための謙遜とばかり思っていたが、後にその性格を熟知する間柄になってから、それが二葉亭の正直な告白であることを知った、と逍遙は先の『柿の蔕』の中で書いている。

「人の種類を大別して二種とするを得べきか。即ち、一は現在目前の事をのみ思ひて一生を送る人物にして、一は過去をも現在をも将来をも総て一生の事を悉く思ひて一生を送るものなり。予は現在をも思ひ、将来をも思ひ、過去をも思ひ、凡て心を一生の中に置きて而して一生を送らんと欲すれども、そは只一の空望にて、実際は只現在の事にのみ頭脳を使ひをるなり。」

これは二葉亭のその頃の日記の一節である。彼はこういうことを、決して単に言葉の上だけではなく、本心から考え悩んだのであった。そういう二葉亭の

「性格、態度、主張の、彼れと私とが恰も直反対であつた事が、私に取つては自己の欠陥を照らす明鏡ともなつた。」(『柿の蔕』)

と逍遙は告白している。

嵯峨の舎の成功

逍遙と二葉亭の師弟関係が、そのようにして深まる間に、二葉亭の紹介で、外国語学校の同窓、矢崎鎮四郎も逍遙門下に加わっていた。矢崎は、十九年九月、早くも処女作『守銭奴の肚』を逍遙のペンネームである春廼舎朧をもじって嵯峨の舎お室なる名で発表、つづけてその年の暮れ『ひとよぎり』を出版し、二葉亭に先んじて文名をあげていった。

二葉亭が最初に逍遙に見せた原稿は、ゴーゴリの翻訳であったといわれる。が、二葉亭としては習作のつもりのもので発表されなかった。

しかしその後すぐ、逍遙の推薦で大阪の日野書店から原稿を依頼されて、ツルゲーネフの『父と子』の一

部を『虚無党形気』という題名で訳した。逍遙の日記に記すところによれば、その原稿が逍遙のもとにもち込まれたのは、二葉亭が逍遙宅をはじめて訪問した明治十九年一月二十五日から数えて二カ月足らずの、明治十九年三月十七日のことで、我が国「最初の口語体の小説訳文であった。」にもかかわらず、これもさっそく大阪におくられ、近刊予告まで出されながら、どういう理由のためか出版されなかった。原稿そのものも現在失われてしまって、我々には見ることができない。

その他の仕事では、逍遙の『小説神髄』と異なる二葉亭独自の文学論をしめした『小説総論』とロシアの学者カートコフの美学を紹介する『カートコフ氏美術俗解』が、早稲田の機関誌『中央学術雑誌』の十九年の四月十日と、六月二十五日号にそれぞれ発表されている。

それらは、小説というものが人情世態を描写するものであり、勧善懲悪とか別の目的のためのものではなく、それ自体が芸術として独立した存在である、という点では逍遙と一致するが、その描写論が芸術とは何か、「感情をもって意を穿鑿するものなり」という芸術の根本から出発し、描写があくまで真実を表現するための手段とされている点で、より明確で進んだ考え方であった。

しかしそれらが、地味な学術雑誌に発表されたこと、彼に、逍遙ほどの肩書のなかったことなどのためか、読者には逍遙の二番せんじにしか思われず、文名があがるには至らなかった。実際をいうと、逍遙の『小説神髄』を読んで騒いだ読者も、文学が最高学府出身の文学士によって、急に新しい照明があてられ地位が向上したことに感激したので、その新しさというものを、どれほど理解していたかは疑わしいのである。二葉亭の理論の新しさを、わかろうはずがなかった。

代々家禄を食んできた士族の家では、その長い習慣のせいか、官吏になることを、どんな低い地位であろうとも最高の出世と考えていた。二葉亭の家でも、彼の仕官が両親の唯一の希望であった。そういう両親の希望をふりきって文学の道に入った二葉亭としては、何としても文学で名をあげて、その期待にそいたかった。実際面でも、父が会計官を免職となったときから、両親を養わなければならない必要にせまられていたのであって、そのためにも早く名を成したかった。

それがままならないでいるおりから、後輩の嵯峨の舎に先をこされて、二葉亭としては内心おだやかではなかった。二葉亭が、このころ文学に賭けた情熱は、まさに天にとどかんばかりのもので、砂を嚙んでも文学をやる、と意気込んでいたといわれる。

『浮雲』の出版

二葉亭が、処女作『浮雲』の第一編にあたる原稿を逍遙に見せたのは、明治十九年の夏か秋ごろであったといわれる。それから推敲に推敲を重ねて、明治二十年六月、坪内逍遙の名で発表された。当時は、このように弟子の小説が師の名で発表されるというのはあたりまえのことで、こうしなければ、出版社で承知しなかったのである。二葉亭の名は、序文に記されているのみであった。

つづいて二十一年二月、その第二編が出版されたが、この時は、逍遙と共著という形であった。

ところで、この『浮雲』は、現在、近代文学の草分けであり、しかもその後の我が国の文学の歴史の中で残念ながら失われていったような、貴重な面を具備している点で、文学史上にひときわ高くぬきんでた作品である。

その、後に失われることとなった貴重な特徴というのは、

「一枝の筆を執りて国民の気質風俗志向を写し国家の大勢を描きまたは人間の生況を形容して学者も道徳家も眼のとどかぬ所に於て真理を探り出し以て自ら安心を求めかねて衆人の世渡の助」（『落葉のはきよせ』）

とすると彼自身いうような制作意図が、不完全ながらも実行されている点であるが、ここで彼は学校では新しい思想を勉強しても、社会に出るとその高邁な理想はどこかへ行ってしまって、下らない人間になり下がるという明治の新思想の皮相浅薄性を批判するとともに、しかもそういう浅薄な人間が、今の世の中では出世するという社会の矛盾をとらえている。このような明治文明を批評する試みは、二葉亭の後には漱石などごく少数の作家によって受けつがれたのみで、たえてしまったのである。やがて文学は、その社会的ひろがりを失い、ごく個人的問題に終始するようになったのであるが、二葉亭や漱石がそうした地点におちず、そういう偉業をなしえたのは、何よりもまず彼等が文学というせまいわくにとらわれぬ広い視野の持主であり、国の将来を思う明治人の気骨をもっていたためであろう。

二葉亭は、文学によって社会批評をおこなうということを、いうまでもなくロシア文学から学んだ。しかし、それを当時の日本で実行することは、我々が現在想像する以上に非常な苦労があった。『浮雲』の出版は、一応の成功であった。批評家たちも一様に賞賛し、彼のところへ、本屋から原稿の依頼が来た。内田魯

庵も、それによって二葉亭は、一躍大家連になった、と述べている。

しかし、二葉亭がこの作品において、意図し、そのためにした苦労を本当に理解した批評家はいなかった。もともと、二葉亭には、清元を口ずさむ、という趣味からもわかるように、いわゆるやわらかい方面の文才があって、女性を書くときでも、非常に魅力的に描出する。批評家には、その方面の才能が眼にとまったのであった。したがって、才能を認めながらも、逍遙の影武者程度にしか思われなかったのであって、いわんや、師をこえた新しさなど認められるはずもなかった。

自己不信

二葉亭としては、『浮雲』の制作にあたっては、一やく文壇地図をぬりかえたいほどの意気込みであった。したがって、その反響はもの足りなかった。もともと彼には、誰も手をつけていないことをやっているという自信が心の一方にあると共に、その欠点はいやというほど眼についていた。初めての試みが、完全無欠にできるはずもなく、欠点があって当然のことなのであるが、世間でそれが認められないとなると、いっそうその欠点が眼につくのが人情である。

二葉亭が『浮雲』を書くについて最も苦労したのは、その文章であった。

「明治廿年前後は、新文学の画期的産苦時代、就中表現苦の時代であつたことを知らねばならぬ。」(『柿の蔕』)

と逍遙は書いているが、二葉亭の表現しようとしているロシア的思想をあらわす文章としては、漢文くずしか、和文くずしか、戯作文しかないという困難は、言文一致体の文章に慣れた我々には想像もつかないものである。

『浮雲』は、山田美妙の『夏木立』とならんで言文一致の嚆矢とされるが、二葉亭はそのために、三遊亭円朝の講談本を参考にしたり、どうしても思うように進まないときは、一度ロシア語で書き、それを日本語に書き改めるというように苦心をはらった。

ところがその苦労も、自分に文才のないための苦労のように感じられざるをえなかった。紅葉などの他の人の書くものを読むと、かなりすらすらと書いていて、しかも決して悪くはない。自分の筆は遅々として進まず、第一、次から次というようには場面が思い浮かばない。書いていくうちに、心に思っていることとまるで別のものになってしまうこともある。それは、単に文章の訓練の問題であろうか、もっと根本的欠陥が自分にはあるのではないか、という自己の才能不信におそわれた。

『浮雲』の折筆

『浮雲』の第三編は、二葉亭の単独名で、明治二十二年七月『都の花』に掲載された。もちろん出版社が『浮雲』第一編、第二編、およびその頃『国民之友』にのったツルゲーネフの翻訳『あひびき』などによって、彼の力を認めたためであるが、決して二人の合著ということに二葉亭が不満をいだいたためではなく、むしろ彼自身、逍遙の名によって自分のつたない小説を売ることを「羊頭を掲げて狗肉を売るに類する所業」と恥じたためである。

「生活上の必要は益々迫つて来るので、よんどころなくも『浮雲』を作へて金を取らなきやならんことゝなつた。で、自分の理想からいへば、不埒な〳〵人間となつて、銭を取りは取つたが、どうも自分ながら情ない。愛想の尽きた下らない人間だと熟々自覚する。そこで苦悶の極、自ら放つた声が、くたばつて仕舞へ(二葉亭四迷)!」(『予が半生の懺悔』)

彼はその筆名を二葉亭四迷とした。彼は自分の才能を卑下し「くたばって仕舞へ」とまで思いつめたのであるが、結果的に見れば、はじめて一本立ちとして雑誌にのる小説である。一抹の期待がなくもなかった。彼は、七月号の新聞広告にまじって載っている自分の名前に胸をおどらせた。

発刊日から三日ほどおくれて雑誌がおくられてきた。他の作には眼もくれず、自分の小説を読みはじめた。彼の手はふるえた。

「かほどまで拙しとは思はざりしが、印刷して見れば、殆ど読むに堪へぬまでなり」「今まで某々らの作る小説は拙くして読むに堪へずと思ひつるが、余の作品に比ぶれば、彼等の作品は遙かに優れり。余は原来小説家ならず。また小説家とならんとも思はず。(雑誌を読まざる前までは小説家とならんと思ひし事は此時打忘れたるなり。)」

と彼は『落葉のはきよせ』にしるしている。もちろん彼が信奉するドストエフスキーやツルゲーネフにくらべればばつたないものである。また、紅葉や美妙の小説にくらべて、不器用であったかも知れない。

しかし、先にも述べたその根本の態度においてまた、彼の描写論が実践されている点において、『浮雲』

は、不完全ながらも、当時の他の作家とくらべものにならないほどの、のばすべき大きな価値があったのである。また出版社も、二葉亭の意としたものとは別のものであったが、いわゆる二葉亭の文才を認め、注文も殺到した。にもかかわらず二葉亭の鋭敏な自意識は、自らそののばすべき芽を折ってしまった。

ジレンマ

彼が『浮雲』を完結させないまま、三部をもって中絶、文学を放棄したうらには、二葉亭の家庭の経済事情もあった。もともと、両親が二葉亭を外語に進学させたのは、前にもふれたように、彼に官吏となって出世してもらいたいためであった。それなのに二葉亭は、本人の気持ちはそうでないにしても外面上は暢気に学校をやめてしまい、ろくでもない文学三昧に耽っている。しかも、二葉亭は、その文名のわりに収入は少なかった。『浮雲』第一編の収入が四十五円(本屋から支払われた原稿料八十円のうち、代著の習慣によって、逍遙が三十五円うけとった。もっとも逍遙には、最初からそういう、人の苦労してえた報酬の分けまえをもらおうなどという気持ちはなく断わったのであるが、二葉亭は、義理がたくそれを主張して譲らずついに逍遙もおれたのである。しかし後に逍遙はそのことを悔いて、「今にして思へば甚だ赧然たらざるを得ない」と書いている。)第二編、第三編は全額をえたと推定され、八十円前後、『国民之友』に載せた翻訳の原稿料を含めても月十円平均に満たない。両親を養うなど思いもよらぬのみか、彼自身、父のわずかな貯えと、恩給によって養われている有様であった。当時では、二十五歳といえば、当然両親を養ってしかるべき年齢である。それが、何ら両親に楽をさせられないのみか、自分の身さえも保つことのできない状態は、周囲から意気地なし、とののしられても仕方のないことであった。

しかも、同じ小説を書いても、幼な友達の山田美妙などはすでに『以良都女』や『都の花』の主筆として収入も多く、派手な生活ぶりであったから、特に二葉亭の母などは、何かにつけ、

「山田の太郎（美妙の本名）さんをごらん」

といった。

しかし、二葉亭には、金をとるためといっても、適当に読者に迎合してお茶をにごし、多作することはできなかった。その頃の二葉亭は、おっつけ仕事の乱作をして、そのつまらなさをしきりに恥じるようなことを口にしながら、原稿料が入ると結構いい気になって温泉などにつかっている連中を最も軽蔑していた。が、そうかといって、一家の窮状を、ただ傍観しているわけにもいかない。作家としての良心と、金銭的要求との板ばさみにならざるをえなかった。

「その中に、人生問題に就て大苦悶に陥つた事がある。それは例の『正直』が段々崩されてゆくから起つたので、先ず小説を書くことで、『正直』が崩される。その他種々のことで崩される。つまり生活が、次第に崩してゆくんだ。そして、こんな心持で文学上の製作に従事するから捗のゆかんこと夥しい。とても原稿料なぞぢや私一身すら持耐へられん。況や家道は日に傾いて、心細い位置に落ちてゆく。老人共は始終愁眉を開いた例がない。其他種々の苦痛がある。苦痛といふのは畢竟金のない事だ。冗い様だが金が欲しい。併し金を取るとすれば例の不徳をやらなければならん。やつた所でどうせ足りつこは無い。」（『予が

半生の懺悔(ざんげ)』)

と、二葉亭は書いている。『浮雲』の第三編には、そういう矛盾がすでにあらわれていた。一、二編にくらべて、幾分おおまかで、質がおちているのは事実である。彼としては、このように意の満たないまま作品を発表せざるをえないことは、第一に苦痛であった。

しかも致命的なのは、彼がその苦痛にたえたとしても、その収入は両親を満足させるにほど遠いことである。もともと二度も三度も推敲してなお不満足という彼に、小説を書くことと金銭の満足とは両立するはずもなかった。

その頃彼が、寝床で本を読んでいると、父母の言争う声が聞える。

「はてはにくみ声になり給ひて追出さんとならば出てゆかぬにあらず、たゞ出てゆかせんとならばそれだけの仕法をつけ給へ、されどさることの出来得べき今の有様とおぼすか、出てゆけといひ給ふ家内の有様にもあらず。また妾もかゝる零落せるさまをみては出てゆきかたしといひ給うを父の何やらいひなぐさめ給へる声す。しばらくして母また独語のやうに家貧ければ生きてゐたればとて生甲斐(いきがい)なし、乞食にもおとる。死(な)ざれば此苦はのがれ得まじ、かなしきかなとの給ひつつ忍音に打泣き給ふ声す。父はたゞ黙したるまゝにて何事もの給ひ出し給ふ事なくておはす」(『日記』)

こういう貧乏ゆえのいさかいも、二葉亭には文学などやっている自分の責任のごとくに感じられ、身をきられる思いであった。砂を噛んでも文学で成功すると意気込んでいた頃はともかく、自分の文学的才能に自信をなくした今、そのように生活を犠牲にしてまでもなお文学をつづけることにたえられなかった。

彼は、『浮雲』の結末までの構想をもち、筆をとりさえすれば書ける状態にあり、しかも出版社からは他にも執筆の依頼が殺到、ようやく、宿願の大家連に加えられかけていたにもかかわらず、あえて筆を断ったのであった。

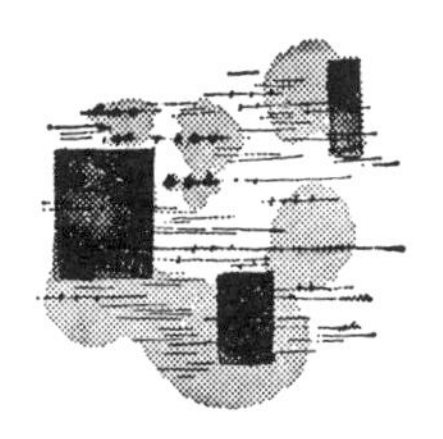

青春彷徨

――下層社会へのあこがれ――

就職

両親を安心させるためには、まず就職しなければならない。しかし、さてそういう段になっても、人に自分を売りこむということのできない二葉亭は、就職口もなく、ひとりきゅうきゅうとしていた。その苦境を見るに見かねて、もし仕官の希望があるならば、といって片肌ぬいでくれたのが、外国語学校の旧師古川常一郎である。

古川は、二葉亭と同じように、旧外国語学校の廃校と同時に辞職、その後要職につける機会をもちながらも、あえて、官報局づとめに甘んじていた。そしてもしその気なら、官報局の翻訳(ほんやく)官の職に空席がある、といってくれたのであった。

二葉亭としては、官吏は元来心に染まない。しかし、今の場合、いささかでも俸給をえて一家を支えることが先決問題である。彼は、古川に斡旋(あっせん)を依頼し、結局古川の部下の翻訳(ほんやく)官として、明治二十二年の夏官報局に出仕することとなった。月給三十円は満足できる額とはいえないが、親子三人、何とか生活出来る額であった。

官報局は、当時局長は高橋健三で、以下、表玄関の受付にさえ、明治の初年に、海外旅行免状を二番目に受取り、ロシア縦断をしてきた人物がひかえているというぐあいに、世の気風に染まぬ、各界の、一匹狼的な気骨ある逸材をそろえ、しかも彼等は、局内においてさえ、その地位をはなれて一介の書生のごとくふるまうという、およそ官庁らしからぬ雰囲気でみちていた。

「局長と云ひ課長と云ひ属官と云ふは職員録の紙の上の空名であつて、堂々たる公衙は恰も自大相下らざる書生放談の下宿屋の如く、局長閣下の左右一人として吏臭あるものはなく、煩瑣なる吏務を執るよりは寧ろ詩を品し画を許し道徳を説き政治を談じ、大は世界の形勢より小は折花攀柳の韻事まで高談放論珍説贅議を闘はすに口も足らずであつた。」(内田魯庵『おもひ出す人々』)

といわれている。官吏ぎらいの二葉亭も、この自由な空気には大いに満足し、局長である高橋とさえ対等に人生問題を論じたりした。

二葉亭の官報局内における仕事は、はじめは英字新聞の翻訳、後にはロシア語の新聞雑誌、官報などの翻訳・紹介であったが、古川常一郎等先輩に伍し、部内でも重んじられるようになった。しかし勤務ぶりは決して精勤というのではなく、雨が降れば出ず、風が吹けば出ず、その出勤する日も、決められた時間が八時というのに、九時半か十時頃のそのそ出て来て、

「おいおい、給仕、御茶をくれ、だがベンションは厭だよ」

といい、ゆっくりとお茶をのみ、それから仕事にとりかかる、というふうであった。ベンションとは、小便を逆に呼んだので、つまり、うすいぬるい茶ではなく濃い熱い茶をくれといったのである。

やはりこの頃のことであるが、二葉亭は蕎麦が大好きで、昼飯にはいつも神田美土代町の柳屋という蕎麦屋から、夏はざる蕎麦、冬は天ぷら蕎麦というようにとりよせていた。朝のうちに給仕が注文をとりにくると、二葉亭は来ていない。遅刻して来るものと気をきかせて注文しておくと、欠勤されて、結局給仕が二人前を背負いこむようなことが、度々であった。

そういう二葉亭の勤務ぶりにも、誰から文句をいわれるというのでもなく、けっこう上の人には可愛がられ、下のものには親しまれたので、彼にとっては、しごく居心地のよい職場であったといえよう。

感化院設立計画

定職をえて、時間的にも余裕のできた二葉亭は、文学に絶望した自暴自棄もあって、飢えたように本を読みあさった。文学の試みで、自分の基礎知識の不足をさとっていた彼がおもに選んだのは、ヨーロッパの哲学や心理学の本である。殊に、ダーウィンやスペンサーの進化論に興味をもち、やがて白痴教育や感化事業に関心をよせた。

しかも、単に本を読むだけでなく、彼自身感化院をはじめて、非行少年や罪人を矯正しようという計画をたて、そのことを友人に語っている。

彼の感化教育説を要約すると、善人悪人というのは精神の健康不健康のことであって、悪人は、一種の病人である。従来のように感化院が、科学の教養のない道学者によって経営され、懲罰や刑罰によって矯正しようとしても、なおりはしない。まず、特殊精神病院を建設して、そこに非行少年や罪人を収容し、最新科学を応用して彼等の精神的欠陥を調べ、根本の病因を見極めて、これを医療すべきである、というものである。

明治初期は、ヨーロッパの科学というメスが、様々の分野に入れられ、非合理性が改革されつつあったのであるが、二葉亭は、それを感化事業に実行しようとしたと考えられる。しかし、そのうち、たとえば単に懲罰を加えるだけでなく、その要因を見極めてからなおす方法を講じなければならないというような部分的には見るべき点はあっても、罪人をすべて精神病とする根本において、空想的であることは否めない。そこには、感化事業とヨーロッパ科学思想とのかなり無理なこじつけがあり、我々には何よりも、その裏に存在する二葉亭の、何か国家的大事の仕事に自分の能力を役立てたい、というあがきの方が強く感じられる。

もちろんこの計画は、実行されなかった。そういう思いつきを、面白いと思う人はいても、実際にその事業に加わって金を出してくれる人はいなかったのである。

下層社会への関心

その頃、彼は書物を読むだけでなく、実際に、問題の多い下層社会に出入した。例の自己流の医療の方法を試みたり、あるいは、ライフの研究と称して、洋服の上に羽織をひっかけ、肩から瓢箪をさげるというような変な身なりで、田舎の達磨茶屋を遊びまわったり、しるしばんてんにぞうりをはいて職人の仲間に入ってみたり、汚い身なりをして立派な料理屋に上がってみたり、大げさにいばりちらして一文もチップをやらなかったり、ことさらけたはずれのことをしてその反応をうかがった。その頃彼は、両親と別居していたが、その下宿に行くと、いろいろな変装道具がごろごろしていたといわれている。

しかし彼がそうして下層社会に接近したのは、単にライフの研究というだけではなかった。むしろ下層社会そのものにひかれた結果であったともいえる。二葉亭には、いつも周囲の立身出世を要求する声がついてまわった。特に母親のそれは強かった。これは現代も似たようなものであるが、明治という出世主義の時代の知識人には、特に大きな、おそらく共通の悩みであったので、大抵の人が小学校でおわってしまうなかで、両親はじめ家の者に負担をかけながら、特に上の学校に進ませてもらった反面には、どうしても出世しなければならないという非常に重い責任をになっていた。

明治の初期において学問を修めるということは、現在よりはるかに出世とつながっていた。明治維新における、政治、産業、おそらくあらゆる方面の改革に欠くことのできなかったのはヨーロッパの学問であったために、そのになない手である知識人は、なくてはならない存在として社会から優遇されたのである。能力次第によっては、それ以前の、家の格式の固定した封建時代には思いもつかないような出世もできた。ちょうど戦国時代に剣術が出世の道であったように、学問が出世のための何よりの近道であったわけで、特に他に出世の道のない下級武士や名主程度の中産階級の子弟たちは、維新後、競って学問を修めた。

その彼等が学校を出ると、当然のことながら出世することを期待された。それのみをあらゆるものに優先する重大事として要求されたといってもよいので、多少とも内面の充足を重んずる人にとって、地位や出世とか外面を見るだけで人間性を無視される空虚さは大きかった。女たちはといえば、それで得た金によって外面を飾り競いあうことを最大の幸福と考えていた。

しかも皮肉なことに明治も中期を過ぎると、一般情勢として知識人もほぼ各界に行き渡り、以前のようにたやすくは出世もできなくなってきた。周囲の要求との板ばさみの苦しさは一層ひどくなり、人間性を無視される空虚さがましてゆく。その事情は『浮雲』や『其面影』に書かれているとおりである。これは単に二葉亭だけでなく、明治の文学者すべてが多かれ少なかれ味わった苦悶であったので、何らかの意味でその矛盾を体験したことが明治の中頃から、逍遙、紅葉をはじめとする文学者が急激に現われる原因となったと考えられる。

それに特に悩まされ辟易していた二葉亭ゆえに、そういう欲求と無縁な社会として、下層社会というものにあこがれたのである。

「人間の美しい天真は、お化粧をして綾羅に包まれている高等社会にはあらわれない。垢面襤褸の下層社会にこそ真のヒューマニティを見ることが出来る。」

と当時彼は、友人にもらしている。

ロシア文学の影響もあったが、彼はいきおい罪人、堕落漢に同情し英語のできるお嬢さんや、女学校出の若い奥さんより、汚い身なりをした貧乏人の娘の方を認めた。

罪人や堕落した人一切を、時には同情を通りこしてあたかも社会の圧迫によぎなくされた犠牲者であり、その内面の苦衷は、ニーチェやショーペンハウェル等の哲学者に比すべきものとして、賛美することさえあった。

もし人間から学問技芸等のお化粧を奪って裸一貫のむきだしとしたなら、貧乏人の人格の方がはるかに高等社会にまさっている、というのがこの頃の彼の持論であって、浮浪人みたいな男たちを紳士と見たてて交際し、倫落(りんらく)の女たちを貴婦人同様に待遇するというぐあいであったといわれる。

しかし彼のそういう下層社会への期待も、皮肉にも結婚の失敗という最も手痛い仕打ちによって、裏切られる結果となるのである。

結婚

当時彼は、そういう彷徨(ほうこう)の間に、一人の女に出会った。名前を福井つねといい、彼とは正反対に非常に快活で、鼻うたで世の中を渡っているような女であった。大口を開いてアハハハと笑うような態度に、上流社会の上品ぶって何もいえないような女のつまらなさにくらべて、生地のままに生きる生命力が感じられて、彼はひかれた。

「あながち惚(ほ)れたといふ訳(わけ)でも無い。が、何だか自分に欠乏してゐる生命の泉といふものが、彼女には沸(ふつ)々と湧いてる様な感じがする。そこはまア、自然かも知れんね――日蔭の冷たい、死といふものに掴まれさうになつている人間が、日向の明るい、生気溌剌(はつらつ)たる陽気な所を求めて、得られんで煩悶(はんもん)してゐる。すると、議論ぢや一向始末におへない奴が、浅墓ぢやあるが、具体的に一寸眼前に現れて来てゐる。――私の心といふものは、その女に惹き付けられた」(『予が半生の懺悔』)

もちろん両親は、そういう女との結婚には猛反対であったが、彼は、その反対を押しきって結婚した。両親とは別居して、仲猿楽町に新居を構え、その後真砂町、皆川町、飯田町、東片町と転々、その間、明治二十六年には長男、同二十七年には長女が生まれている。

いざ結婚してみると、あれほど魅力を感じた女であったが、次第に化けの皮がはげてきた、というより彼の方で買いかぶりすぎていたのである。天真爛漫と思われたのも、無知無自覚ゆえに他ならなかった。教養にへだたりがありすぎて、夫婦間の話題も、共通なものがなかった。

しかも彼女には、それまでの長い習慣で様々な面でだらしなさがしみこんでいた。常識では考えられないことであるが、例えば、彼女が、二葉亭の役所へ着てゆく着物から子供の着物まで全部質入れしてしまったので、彼が金を工面して両親に気づかれないうちに受けだしにゆくというようなことが、毎月のようにくりかえされた。彼は何

結婚当時の二葉亭（29歳）

とかそれを矯正しようと努力したのであるが、まるで手ごたえがなかった。いつも、いさかいが絶えなかったが、それも、彼が勝手に怒って悩むというような、一人相撲におわることが多かった。

彼は次第に根気負けしてゆく。一方、彼のそういう説教は、つねの気持ちを彼から離れさせる結果となり、ついに、男関係の不始末をまねいて、離婚をよぎなくされた。

「唯我の夫婦親子の情縁を全うする能はず果敢なき事になりたるを歎息するの外なく候」

と、彼は三十一年三月、坪内逍遙あて書簡に書いている。つねと知りあって、八年目のことである。

結果的にみれば、破局の原因はすべて妻のつねにある。しかし二葉亭だけが苦汁を飲まされた被害者であったかといえば、決してそうとはいえない。つねも、勝手に彼に理想化され、ないものねだりをされた被害者であったといえよう。

しかし、ともかくこの一事によって、彼が下層社会というものに抱いた青春の夢がみじめにこわされたのは事実であって、彼は後にこの頃を回想して、友人の内田魯庵に、

「あの時代、無暗と下層社会が恋しかつたのは、矢張露国の小説に誤まられたのだ。(中略)

露西亜は階級制度の厳重な国だから立派な学問権識があつても下層に生れたものは終生下層に沈淪してをらねばならない。其結果が意外な根柢ある革命的煽動が下層社会に初まつたり、美くしいヒユーマニチイが貧民の間に発現されたりする。露国の小説には此間の消息が屢々洩らされて下層社会の為めに気を吐いてゐる。恁ういふ小説に読耽つたもんだから自然下層社会に興味を持つやうになつたが、日本の下層社

会は根本から駄目だ。精神の欠乏が物質の不足以上だから、何を説いても空々寂々で少しも理解しない。倫理も哲学もあつたもんぢや無い、根柢からして腐敗し切つてゐて到底救ふ可からずだ――」（『おもひ出す人々』）

と語っている。

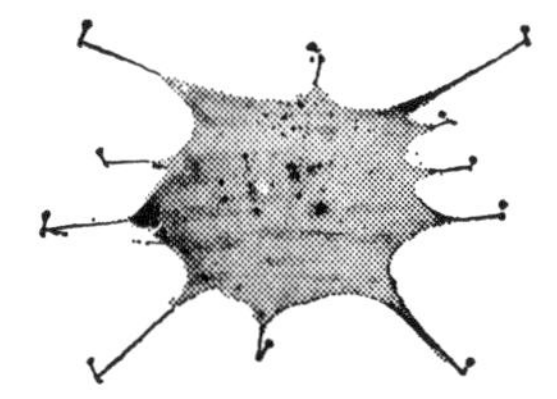

生活の嵐の中で

――再び文学の道に――

離婚するにも、借金もたまっていることでもあり、又、別れた妻のさしあたっての生活の保障をしなければならず、まず金が必要である。

文壇復帰

ところで当時、文壇の機運はますます上がり、紅葉露伴相対し、又かつての師逍遙は門下の俊才をひきいて早稲田に威をはっていた。二葉亭も一時は文学をあきらめ、逍遙との音信も絶ったが、内田魯庵宅で偶然逍遙にあって以来、再び往来するようになっていた。もちろん文壇への野心は毛頭なかったが、逍遙は、彼の才能を惜しみ、しきりに再起をすすめていた。

折からこの離婚事件である。彼が善後策を逍遙に相談にゆくと、即座に文壇復帰をすすめた。二葉亭としても、そうする以外、現在の苦境を乗り切る方法はない。彼はしぶしぶ筆をとった。こうして生まれたのが、ツルゲーネフの『アーシャ』即ち『片恋』の翻訳である。『片恋』は明治二十九年十月、春陽堂から出版された。『浮雲』第三部を発表して筆を絶って以来、八年目のことである。もちろんこの翻訳は、純粋に経済上の必要からで、文壇へ再び帰り咲く野心は毛頭なかった。一冊きりで、再び世間からかくれてしまうつもりであったが、それ一冊の原稿料では、必要な金額に満たず、しかも、皮肉なことに、この出版は、彼が命をかけた『浮雲』以上に反響があり、書店が、あたかも凱旋将軍をむかえるごとく争い集まったため、彼の性格として、その注文をむげに断わることもできなかった。

官報局辞職

それに加えて、折から、官報局長高橋健三が更迭され、官僚出身の奥田義人がその座についたため、役所からかつての自由奔放さが次第にかげをひそめ、官庁くささが強くなっていった。客観的にみれば、明治の官僚制度が次第に整備されてきて、それが官報局に及んだわけであるが、前の書生部屋の気分になじんだ人々はその新しい空気と相いれなかった、というより、そういう官庁らしからぬ零囲気ゆえに居られたというような人が多かったから、旧幹部の中には、高橋と共にやめてゆく者が多かった。二葉亭をひっぱってくれた古川も、しばらく奥田とにらみあったのち引退してしまった。二葉亭ももとより官僚ぎらいで、これまで八年間も勤めたのは、官僚臭のなさが気にいったためである。今さら上司にペコペコ頭を下げてまで居残る気持ちにはなれな

内田魯庵

かった。古川がやめたのを機に、自分も辞職してしまった。明治三十年十二月のことである。

そうなると、生活費が必要である。書店からこわれるままに、翻訳の筆をとった。こうして生まれたのが、ツルゲーネフの『夢かたり』や『浮き草』の翻訳である。三十年六月には、読者の強い要望があって昔書いた『浮雲』全編が『太陽』の臨時増刊号に載せられた。もちろん経済上の目的のためであって、文壇への野心はなかった。むしろ当時彼の野心は、実業方面にむかいつつあり、大陸で事業をやるというのが、この頃の彼の念願であった。

しかし皮肉なことに、すでに野心もなく、全く官報局時代の翻訳文のように書き下す彼の翻訳作品は、多くの人々の賞賛を受け、ますます文名が上がっていった。

彼の翻訳が、このようにもてはやされたのは、明治二十年代に、二葉亭や鷗外の努力によってまかれた外国文学の種子が、人々の間にひろまり、それが新文学を受け入れる地盤として整ってきたためである。特に、旧文学にあきたりない若い人たちは、二葉亭などによってもたらされる外国文学を競って読んだのであった。次代をになうこととなる国木田独歩、田山花袋、島崎藤村らもその人たちである。

そこで、もし二葉亭が、『浮雲』を、あんなに早い時期に書かずに、この時期に書いていたならば、もっと多くの理解者に恵まれ、けっして中絶する、ということもなく、あるいはもっと傑作も書かれることとなったのではないか。こう思うのは当然の情である。しかし、歴史は二度とくりかえされない。我々としては、その悲運を惜しむほかはない。

父の死
――文学をすてる決意――

実業と文学と

官報局を辞めた彼は、一時陸軍大学に就職した。しかし離婚のごたごたの最中におこした膝節炎が悪化して長びき、ほとんど欠勤のまま退職した。その後、勤め口のないままに、翻訳の仕事をしていた。離婚と病気のために出費が重なり、経済状態は非常に苦しかった。文名は次第に上がっていったが、それは決して彼の本意ではなかった。彼としては、実業界にのりだしたい考えで、一方ではその機会をうかがっていた。

その頃、それまで服装にはいっこう無頓着で、親ゆずりの古銘仙にメリンスの兵児帯というなりでどこへでもおしかけていた彼が、急に洋服などを着て、

「これが資本だ。こんななりをしないと誰も相手にしてくれない。」

などと冗談をいいながら、卒業以来疎遠になっていた外国語学校の同窓で、実業界で活躍している人たちと、しきりに交際していたといわれている。

右の手に算盤を持ち、左の手に剣をにぎり、うしろの壁にアジア地図をかかげ、懐には刑事人類学を入れておく――これでなければいかん、というのが彼の持論で、その事業計画は、例によって、遠大な国家発展

の理想の上になりたっていたから、事業計画としては、すこぶる空想的な感をまぬがれなかった。しかも、一方では彼の文名が上がっていったから、一層、文学者の一時の空想としか思われず、実業界で相手にされなかった。

しかし、文学でもてはやされることは、決して悪い気持ちではなかったので、そういう実現しそうにない空想を漠然と追いながらも省みることもなく、不安定な日々を送っていた。

そういうとき、彼に非常な衝撃を与える事件が起こった。父吉数の死である。

父の死

吉数は、脚気と慢性胃腸カタルでまえまえから危ぶまれていた。それが二葉亭の離婚と失職のごたごたで、あまり手を尽されないままに、彼がようやく海軍省の編集書記の職をみつけた四日後の明治三十一年十一月二十六日、神田駿河台の病院で淋しく息をひきとったのである。会計官の職を退いて以来晩年はめぐまれず、しかも妻志津からは、始終金銭の不如意をぐちられ、かいしょうなしとののしられるという孤独さであった。

これまで、世の出世主義というものに反発を感じ、そういうものに背をむけてきた二葉亭ではあったが、いざそのための家族の不幸を、このようにまのあたり見せつけられると、その責任のすべてが息子である自分にある、という自責の念にかられざるをえなかった。

せっかく学校へ行かせてもらいながら勝手に中退し、期待されたような就職はできず、文学などに首をつっこみ、ようやく就職したと思えば、両親の反対するような女と結婚し、その離婚のためには少ない財産をへらし、今また文学などという一時しのぎの手段があるばかりに職をけり、実現しそうにない実業の夢などにうつつをぬかしている。なまじ文学などにかぶれたために、父の老後に、何の楽な思いをさせられなかったのみか、病気の治療すら満足にしてやることができなかった。自分の理想のために、父を犠牲にしてしまったという後悔の念が、二葉亭の胸に深くつきささった。

文学は、百害はあっても一利すらない。家族の不幸にくらべれば、文学による成功などは、単に自尊心をくすぐる遊戯にすぎぬ。その甘さは、身をあやまらせるもとである。

もう文学などやるまい——そう心に誓った。

彼は、翌年『文芸倶楽部』一月号の『酒袋』を最後に、再び文壇から去った。それはおそらく父の死よりまえに、原稿が書店に手渡されていたと推定される作である。

海軍省書記の職は単調なもので、しかも、周囲は彼とおよそ肌あいも異なり、文学などというものと縁のない、二葉亭の名すら知らない人たちばかりであった。官報局のときとはちがい、遅刻欠勤は思いのまま、というような我ままはゆるされなかったし、合意(ごうい)の士(し)と議論をたたかわせる楽しみもなかった。

しかし彼は、文学者二葉亭四迷ではなく、一介(いっかい)の官吏、長谷川辰之助として、その地味な職場に不平もいわずもくもくと勤めた。おそらくその胸中には、それが、自分が当然受けるべき天罰であり、父に対するせめてもの謝罪という気持ちがあったと思われる。

外国語学校教授

海軍省の職について九ヵ月目の夏、彼にとって思わぬ幸運がまいこんだ。かつて高等商業学校に合併された外国語学校が、再び、東京外国語学校として新設され、そこに返り咲いた恩師古川常一郎の推薦によって、ロシア語科の教授に迎えられたのである。当時の教授は、政府の高等官であり、学校へゆくにも人力車を使うという身分で、前の書記の職にくらべれば大変な栄達であった。

「明治卅二年文学者二葉亭氏露語科に教鞭を執らると聞き、私は瀟洒たる人物に接する事かと思ひきや、闥を排し教室に入られたのは節くれ立つた手と怒つた肩を有たれた一偉丈夫なので意外の感に打たれた。其間に先生はやをら講壇に上り、就仕の挨拶もそこ〳〵直ぐにチョークを取つて黒板に向ひ、プーシキンの短詩を書かれ、劈頭第一諸生の学力試験を行はれた。其躰度、其声、沈重真摯で威厳に満ち、小説家は教師に非ずと浅墓に思つて居た私は自づと頭が下つて仕舞つた。

先生の教授の親切懇篤なりしは有名の事実で、其講義は微に渉り細を尽し、一寸とした字句の意義も先生から聞くと興趣横溢する様に思はれた。」（『長谷川先生の面影』）

と、その時の教え子である井田孝平は、二葉亭の印象を記している。

二葉亭の外国語学校の在職期間は、三年たらずであったが、生徒たちによって、露語の三川と称されるほどの人気をえた。三川の二人は、古川常一郎と市川文吉であり、あとの一人はいうまでもなく、二葉亭の本名の長谷川である。

彼の外国語学校における授業は、大変厳格であり、熱心であって、活気にあふれていた。主に露文和訳を受

東京外国語学校教授時代（前から2列目右から4人目が二葉亭）

け持っていたが、一字一句の意味、文法を入念に詮索し、一時間に一行か二行しか進まないこともまれではなかった。特にゴーゴリなどを教材とするときは、作中の人物の容貌から態度、性格にいたるまで、適切な訳をつけて目に見えるように説明し、佳境に入ると、真面目な顔をして「きいちゃん」だの「みいちゃん」だの「よくってよ」などと、女の口真似をしたといわれている。また、生徒に問うときも「心理をいえ」「調子をいえ」といって、単なる直訳では満足せず、「少し近くなった」「チョットかすった」「も少し」といいながら、生徒がそれにぴったりの訳語を探しだすまでいわせ、それが当たると、「当った当った」と膝をたたくというふうで、その教室は、常に和気あいあいとしていた。

彼は教室外でも、その独特の性格によって生徒に感化を与えた。先の井田孝平は、

「先生は強烈なる感化力を持つて居られ、我々に対しては何等の城府を設けず、教室以外では友人ででもあるかの様に話されたが、彼の重重しいお口から出る一言一語皆我々の肺腑に徹して消え難い印象を残し、先生の前へ出るとボヤケた頭が緊り精神がキッと成り、何がなし

に心の底が活〱し、或目的が分る様に思はれた。」と書いている。二葉亭は極力生徒との接触を心がけ、夏期休暇中に、在京の生徒を自分の下宿によんで特別講習を開いたり、学校で毎年行なわれる修業旅行には、努めてついていった。旅行先などでは、日頃の厳格さをすてて、生徒と交わった。その時分学生は宿屋に着くと、教員をむりやり自分たちの集まっているところへつれてきて、かくし芸をやらせることを何よりのたのしみとしていたのであるが、二葉亭の番になると、手ぬぐいを姉さんかぶりにし、ほうきをかかえて、「所は青山百人町に鈴木主水という侍が……」などと、ござ（三味線をひいてお金をもらう、めくら女）の真似をして、生徒の喝采をあびたといわれている。

授業では、訳語をえらびにえらび、いわばすこぶる文学的であった彼であるが、小説類を教材とすることを好まず、自分が小説家視されるのを何よりきらった。彼の家をたずねた生徒たちが、幾分お世辞のつもりで、「先生近頃は一向お作が御座居ませんね」などといい、文学の話を聞こうとすると、渋い顔をし、ときには叱りつけることもあったといわれている。

彼としては、彼自身の夢であるところの、アジアでの活躍をなしえる人物を育てることが目的であって、教え子を、文学者にする気は毛頭もなかった、というより、彼等が文学にひかれることを自分の身にてらして、何よりもおそれたのであろう。そのかわり、生徒たちの就職のためには、かつての同窓生の中で、その方面で活躍している知人に頼みにゆくなど、ずいぶんと骨をおったといわれている。

ともかく、彼は、生徒間に人望もあつく、彼に尊敬と親愛の念をもった学生たちが、彼のまわりをとりまいていた。

もともと、彼の資質は、教師の職にもっとも向いていたと思われるのであって、彼の純粋さ、潔癖さ、情熱、理想性等、いずれをとっても青年たちの心境と合致する性質のものである。したがって、この教職の三年間は、彼にとって水をえた魚のように、もっとも思うがままにふるまえ、金銭的にもめぐまれた、幸せな時であった。

しかし、それにもかかわらず、彼は自らこの職をすてるのである。

ロシアへの関心

青年時代、外国語学校のロシア語科を志望したとき以来、二葉亭には、大陸で活躍したい気持ちがあったことは、先にふれたとおりである。日露関係の切迫を目前にして、彼のその気持ちは一層高まっていた。（日露戦争の始まる明治三十七年より三年前である。）

我が国の企業にとっては、アジアへの進出、とりわけ未開地満州、シベリア方面への進出は、その発展のために欠くべからざる課題であり、それまで市場を一人じめにしていたロシアにとっては、新興国日本のそういう海外進出は、自国の商業保護のために特に脅威であったから、商品に重税をかけ、日本の進出をことごとく妨害した。アジア進出こそ発展の道とわかりながら、それがなかなかうまくできない状態は、国民だれしもはがゆかった。特に二葉亭は、アジア進出こそ生来の理想であっただけにその気持ちが強かった。外国語学校で教鞭をとりながらも、その方面に進出する機会をうかがっていた。

高野りう

ついに、かねてから就職を依頼していた友人の一人である佐波武雄から、徳永茂太郎というウラジオストクの商人を紹介され、その徳永商店のハルビン支店の顧問として、招かれることに決まった。

徳永茂太郎としては、二葉亭を雇うについて、何をやってもらうという特別な気持ちはなく、ただ、これから大陸で事業をのばしてゆくうえで、彼にロシアや満州方面の有力者や官吏に友人が多いことを、便利と考えたためであった。給料もはっきり決まったものがもらえるわけではなく、決してめぐまれた就職口とはいえない。一介の商人の顧問、しかもはっきりとした名目もない。外国語学校の教授という職からくらべたら、すべての面で、月とスッポンのちがいである。しかし、何としても大陸にゆきたい二葉亭には、そんなことは眼中になかった。ともかく、向こうへゆきたい。そこで新しい仕事をみつけるはずだった。

彼は、ロシアにゆくについて、奥野小太郎という友人宛の手紙に、

「小生も多年の宿志漸く相達し来月末かさ来月初め満洲はハルビンへ向け出発の都合に相成申候　今日より将来の事は確定致し難く候へどまづ骨を黒龍江辺か松花江畔か又は長白山下に埋める考にて出掛け候

ゆえよし時には日本に帰り候とも最早日本に在りて生活する考は御座無候　六十有余の老母を棄て十歳未満の男女の子供を棄てかやうの考を起したるはまことに狂気染みたる次第なれども時勢は遂に小生をして狂を発せしめたりとも申さん胸中の愁苦御賢察願ひ奉り候」

と書いている。二度と、日本の土をふまないつもりであった。四十歳に近い身で、教授という安定した座をすて、年老いた母と子を残して、ゆき先どうなるか見当もつかない外国へゆくということは、並大抵の気持ちではできることではない。普通の人から見れば、正気の沙汰とは思えない行為のうらには、アジアの舞台で活躍したいという今まで抱きつづけてきた理想を実現する機会を、この年になって初めてえたという、やもたてもたまらない気持ちがあったと思われる。

彼は、彼のロシア行きを惜しみ、切に外国語学校への留任を願った学生たちには、

「君等には誠に気の毒だが、今は僕が予ての希望通り雄飛する機運に際会したのであるから、僕の自由を任して置いて呉れ給へ。僕の希望の一部でも達せらるれば、僕は直きに帰つて来て、僕の理想たる、東洋的の立派な実業家を養成する東洋商業学校を設立するつもりである。その時には君等の手を借りるやうになるだらう。君等には僅か三年位の露語学修期間だから、多くを望めないが、マーそれ迄に寝転んで居て「ノーウオエ、ウレミヤ」の論説位いスラ〱と読める様になつて居てくれ玉へ」

といい残している。

また、彼は、ロシア行の前のあわただしさの中で高野りうと再婚した。

ロシア行
——宿願の地へ——

明治三十五年五月三日、彼はハルビンへ向かって、東京を出発した。多少なりとも、彼の家計を楽にしてやろうという友人たちのはからいで、彼は徳永商店顧問の他に、日本貿易協会嘱託（しょくたく）という肩書きをもつことができた。満州やロシアの商業事情の調査をするのである。彼はまずウラジオストクに上陸、そこからハルビンへ向かった。

険悪なハルビンの空気

彼が到着したハルビンは、日露戦争をまぢかにして、彼が想像した以上に険悪な空気であり、野蛮な街であった。夜中にはピストルの音が聞えたり、ロシアの警官は、日本人さえ見ればスパイ扱いにして、暴行を加えるという噂があった。

またロシアでは、その頃コレラが流行（はや）っていたが、コレラ患者を馬車で運び、それを消毒もしないで、そのまま人を乗せるのを一向に気にかけないというようなひどさであり、その隔離所（かくりじょ）ときては、死体置場同然のところであったという。

警察官の横暴は相当なもので、その命令とあればどんな無理もとおし、それにさからえば有無（うむ）をいわさず拘留（こうりゅう）した。二葉亭自身も、ハルビンに着いて早々に、その難にあった。彼が逍遥宛の手紙に記するところに

当時のウラジオストク

よると、その頃ロシアでは、飼犬にはすべて口に輪をはめて、人に咬みつくことのないようにしておく、という条令がでており、そうでない犬は野犬とみなされ撲殺された。徳永商店では物騒な市中の情勢ゆえ、四、五匹の犬を飼っていたのであるが、そのうちの二匹には口輪をはめていなかった。その中の一匹が、ある日巡査にほえついたため、三、四名の巡査が追いまわしたあげく、徳永商店の店先で撲殺し、犬の死骸をもって警察にこい、という。いくら何でも馬鹿げた難題である。支配人は、うらからぬけだして、ともかく警察にいった。表では、二葉亭らと警官との押し問答がつづいたが、まもなく閉店時間となったので店の戸をしめはじめた。ところが警官は、それを何と感ちがいしたものか、やにわに店内にふみこむと、二葉亭をつきとばし、有無をいわさず拘引した。『平凡』の中の「ポチの話」でもわかるように、非常な犬好きな彼であったので、最も先鋒となって警官と口論したこともあろうが、いかにも大人らしいその風采から、徳永商店の責任者と見まちがわれたのである。

「日本の警察の留置所の如何様なるか噂にも聞きたることなきゆえ存不申候へど露国の留置所ハその不潔なるハ勿論その中に拘留せられたる奴等の乱暴なることお話にならず　いづれも＊蓬頭垢面破れ衣に破れ靴にて或ハ＊＊襯衣を脱して虱を索ぬ

＊蓬頭垢面　ぼさぼさの頭であかまみれ　＊＊襯衣　下衣

るあり　或ハ綻を縫ひゐるあり　或は四五人団欒して紙片を截りて骨牌としたるを余念なく弄するあり　或ハ高声に己れの乱暴したる顛末を語り聞かせてゐるものあり　或ハ放歌するものあり　小生ハ此光景を見て少しうんざり致候へど暗黒の露西亜を覗ふにハ好機なりとやうの好奇心も加はり独り其間ニ黙座して彼等の放談に耳を傾け居候」

と、彼はのんきに記している。徳永の店の者が警察へいって、二葉亭が、徳永の社員でないことがわかると、すぐ釈放された。しかし、そのときの警察のいい方は、あの犬は日本人の飼犬にまちがいない。本当の飼主がくるまで帰せない、とあくまで高姿勢であり、むかえにいった徳永の社員が、自分たちがその飼主を責任をもってつれてくる。明朝までにつれてこなかったら、自分たち三人を拘置してもかまわない、という条件で懇願してようやく釈放の許可がおりたのであった。

しかも後に、二葉亭の、日本貿易協会嘱託の身分がわかると、巡査部長とおぼしき人が内々に二葉亭をたずねてきて、あれは部下のまったくの手違いであったことゆえ、誰にもいわないでくれ、としきりにたのんでいったそうである。権力をかさにき、権力にこびるといういかにも矛盾した話で、帝政ロシア官僚の腐敗のさまを物語るエピソードである。

日本では、それに尾ひれがついて、二葉亭がスパイの嫌疑で、二カ月も三カ月も拘禁されたような噂さえたった。

日本人に対するロシアの敵愾心は、これまでのべたようなことからもわかろうと思う。

日本商社への弾圧

日本商社への弾圧ぶりも、日本商品への重課税その他、日本にいるときすでに知っていたようなものであったが、それよりはるかにひどかった。新しく商売をはじめるなどということは、とうてい許可されないのみか、課税の仕方も言語に絶した。

コレラの発生も、二葉亭にとって不運であった。多くの家が門をとざし、街全体が死んだようで、商売のできるという雰囲気ではなかった。

彼がやろうとした事業（例えば、彼は東部蒙古の羊毛と牛皮に着眼し、その手はじめとして、羊毛の洗滌と牛皮圧搾荷造所を作る必要を説いたといわれる）が、とうていうまくゆかなかったのみか、徳永商店の業績すらはかばかしくなかった。そうなると勘定高い商人の常で、徳永茂太郎は、二葉亭に対して手のひらをかえしたように冷たくなった。もともと二葉亭と徳永商店との契約は、客分とも相談役ともつかないもので、正式な雇傭関係ではなかった。表向は、貿易協会の満州商業視察ということで、その契約は徳永茂太郎個人と内々に結んだものであった。

その契約内容は、ともかく内地の家族が生活できるなにがしかの手当をくれること、そのかわり二葉亭本人は徒食と、あと入用なだけ小づかいをもらうということで、特に給料をいくら、と定めていなかった。したがって商売が思わしくない結果、二葉亭は、小づかい銭をろくにもらえなかったのみか、ふろ銭にまでこと欠き、まさに三ばい目の茶わんをそっとだす居候の気持ちを味わった。彼がロシアへ着いて三カ月た

らずの八月二十七日には、

「今の分にて推行かば小生は早晩当店を去らざるを得ざる場合に遭はんと存候　と申すは段々内輪に立入りて見れば主人の茂太郎といふ人おもつた程の人物でなく東京の商人で申さば大倉喜八郎位のところにて第一官辺に取入るを商業の極意と心得且つ口でこそ世界の舞台に立たむと欲すなど大層なことを申居候へど内々は其気は少しもなく只少し肚の大きさうなところを見せることもある位に過ぎず　畢竟するに眼前の小利に目が眩みて百年の大利を遺るといふ　これもその一人に過ぎざればあまり頼みに成不申」

と早くも逍遙にあてて、徳永商店に長くいられそうにないことを予告し、徳永に対する幻滅の気持ちを書き送っている。

彼は、三ヵ年はハルビンにとどまって、その商業をとくと調査するつもりであったが、急遽予定を変更、大連から旅順、北京への商業視察の旅に出る。後に彼は、逍遙への手紙の中で、

「日本を出る前は是非商売をと存居候ひしが小生ニハ商売は駄目ニ候　第一理想に於て其必要を認むるまでニテ実際に当ると多くもあらぬ余生を比一途に費さんという気にはどうしてもなれず候　矢張国際問題とか国際貿易拡張の方策とかいふ自分には一文にもならぬ仕事の方が柄に合ふと見え面白く候」

と書いている。あれほど実業を志望した彼ではあったが、このハルビンでの失敗は、自分の商人には向かない性格を、いやというほど知らしめたと想像される。

徳永茂太郎の賄賂商策を非難した彼ではあったが、実際上、それでなければこの土地での商売がたちゆ

かないことを、彼自身やってみて、知らざるをえなかったにちがいない。

北京へ　九月、彼はハルビンを出発、営口、旅順、芝罘(チーフウ)、山海関、天津を経て北京へむかった。旅順までの旅費は、ともかく徳永が出してくれることに話がまとまった。その先は、旅順で外国語学校の同窓の中沢房明に、北京で同じく同窓の川島浪速にあい何とかするはずであった。

旅順では、中沢は三井物産の出張員で、彼の他の所員四人のうち三人までが二葉亭の顔みしりであったため、大歓迎してくれた。心細い思いでハルビンをたった彼であったから、そのときの嬉しさはかくべつで、実に持つべきは同窓の友、とまで思われたのであったが、日がたつにつれて地金(ぢがね)があらわれ、面白くないこともおこるようになり、やがて、人情の常ならぬを今さらのように身にしみ、厭世的な気持ちで旅順を去ることになった。

ところが、北京に着くと、彼に思いがけないことがまちうけていた。

二葉亭の足跡

もともと川島と二葉亭とは同窓といっても、川島が中国語、二葉亭がロシア語というように学科がわかれていて、あまり親しいつきあいがなかったのであったが、たまたまこうして出会って話しあってみると、アジア外交について、意見の一致する点も多く、意気投合したのであった。警務学堂

警務学堂提調

川島は、警務学堂といって、ちょうど警察学校のようなところの学監（校長）の地位にあった。警務学堂は、いちおう支那国王下にあったが、もともと日本人が日清戦争後の占領中にたてた軍事学校の後身であり、事実上一切の経営が日本人にまかせられていた。しかも警察官の登用とか、任官後の昇進とか、すべての人事権をここがにぎっていたから、その学監の力は、我が国の警視総監をもしのぐ勢であったといわれている。しかし単に事務をとらせる部下はいても、心をうちあけて大事を相談する友人がいないのが川島の悩みで、さっそく二葉亭に、

「しばらくここの提調となつて、自分を補佐すると同時に一面においてシナ政府をたすけて、君の志望するロシア南下を防ぐ仕事をやってみてはどうか。自分は支那政府の要官はたいてい知つているゆえ、おりをみて君を彼等に紹介しよう。ともかく支那政府に対する自分の信用を利用して一飛躍を試みるべきである。もし意のごとくならず、いつまでいても宿志を達する見込がたたないときは、決してとめだてはしないから、いつでも止めてもらつてかまわない。」

と、非常な好意をもって、提調となることを勧めてくれたのであった。提調というのは、学監の下で、総教習とならぶ学校幹部で、総教習が教務関係をうけもつのに対し、提調は、庶務会計一切を司り、さらに人事

や学堂外との交渉もひきうけるという、いわば経営面の責任者で要職であった。示された月給も銀二百五十元（そのころの金額にしてほぼ二百円）と、高額であった。

二葉亭としては、思いがけず、最も理想的な仕事をえたのであった。

二葉亭の活躍

最初、小説家を提調という要職につけた川島の意図を、大抵の人が疑問視した。教習、つまり教員の中には警視あり、軍人あり、警部あり、憲兵あり、支那通の志士気どりありで、それらを統率するだけでも難事の他に、そのころ学堂の財政は赤字だらけであった。

「斯の如き立場に於ける斯くの如く責任重大なる地位。文学者で提調、甘く治まるか知らん。余は胸中疑懼の念に堪へなかつた」（阿部精一『北京警務学堂に於ける長谷川君』）

と、当時の部下の一人が回想している。おそらく、それが、誰もが感じた疑念であったと思われる。

しかし例によって、二葉亭と直接会うと、誰しもその考えを改めざるをえなかった。

「十一月三日、天長節。此は実に余の忘るゝ能はざる一日である。此の日余は退院して北京北城分司庁胡堂の川島氏宅に於て経世家長谷川辰之助氏の知を得たのである。二葉亭氏としての文名は天下に轟く。而して経世家としての長谷川氏は世知る者なし。余も慥に其の一人であつた。此の初会見に於て氏の卓見を聞き、其態度を視ると、何うしても文学者ではない、立派な経世家だ。玆に至つて余胸中の疑懼は殆んど八分は消え去つた。」（『北京警務学堂に於ける長谷川君』）

と、先の阿部精一は書いている。もっとも二葉亭の登用を疑問視した、総教習の稲田穣をはじめとして、すべての人が一たび彼の風貌に接すると、すっかり彼に傾倒した。

総教習稲田とのコンビはその後終始円満であり、一癖も二癖もある教習たちの統率も妙をきわめ、覇気ある者、誠実なる者、それぞれ長所をのばしめるというふうであったといわれる。

彼は、外交面でも大成功で、川島のバックアップもあったが、緩急自在(かんきゅうじざい)、時の清(しん)国王粛正爺(しゅくせいや)の信用もあつかった。また、学内も、乱れかけていた財政を整理し、職員の俸給は増額し、なお月々余剰を作り、在職九カ月で二千元の積立金を残すほどの好成績で、その他でも、警察幹部の養成をはかる研究科を新設したり、将来の憲兵、消防等の学科新設の計画をたてるなど、学校作りに才能を発揮した。しかも学外の面でも、彼は例の宿望を忘れず、常に、日清、日露の国際関係に注意をはらい、机上にはいつも外交に関する和洋の書籍をおいていた。在京の新聞記者も、よく訪ねてきては、彼に外交問題の意見をきいていた。川島の留守中、露清密約という容易ならぬ問題が起こったときなど、日夜寝食を忘れて奔走、その重責をはたしたといわれている。まさに、彼の面目躍如(やくじょ)というべきで、彼は急速に学内で重きをなすようになっていった。ところが、その人気が結果的には彼の地位をおびやかすこととなるのである。つまり、学内で川島に不平をもつ者が自然彼のまわりに集まるようになり、川島の学監派と二葉亭の提調派の対立が、日ましに目立ってきたためである。

もともと川島と二葉亭とは、東亜政策を重視する点では似たようなものの、性格的にちがいがあり、一方があまり苦労をしたことのない、漢学でかたまった貴族主義で豪傑肌のワンマンなら、一方は下積みの苦労をなめつくし、洋学で育った平民主義である。しかも、川島は、どうかすると強引に自分の意見を通そうとした。その根底の違いからどうしても意見がわかれがちであった。二葉亭は、理にかなわないことは、例え川島のいうところであっても、そのままうのみに肯定するわけにはいかなかった。

日がたつにつれて、衝突が目立っていった。そして常日頃二人の間におこる対立を知って、川島に不平を持つ連中が彼のまわりに集まってきた。その不平派の言分をきいてみれば、二葉亭としても確かにその理を認めざるをえなかった。自然そういう人たちがふえてゆき、彼は、反川島派の頭領のような形となり、学内は二派に割れ、事あるごとに対立するようになった。

退職の決意

もともと川島の特別の好意によってこの職をえた二葉亭にしてみれば、このように川島と敵対する位置にたつという結果は、もっとも憂慮すべきものであった。いかに自分に理があり、川島に非があったとしても、彼は、不平分子をただ煽りたてていい気になるなどということはできなかった。せっかくの好意をえながら、川島の助けとならず、かえって苦境にたたせる結果となったことを、何よりもすまない思いで心をいためた。

しかも一面において、二葉亭は豪傑肌の川島の、欠点はあっても現在のこの学監という地位の適任を認めていた。川島を除いて、学監の適任者がいない以上、彼に学監をつづけさせる以外ない。自分が学内分裂の原因になっているとすれば、それを円満におさめるためには、いずれ身をひくよりほかはないであろう。そういう覚悟は早くからきめていた。三十六年五月、逍遙宛の手紙に彼は、

「小生ハ友人として彼に忠告し成るべく多く心腹の人を集めて中堅を固むる策を執らせ小生を首とし彼の手に合はぬ者共は漸々学堂を離れるやうにせねば折角の警務学堂も国家の為に何の用にもならず　蟹は甲羅に似せて穴を掘る譬の如く川島にて自分の器量相当の仕組を立てさせる外あるまじとこの頃は深くおもひ込居候　小生の所業を不平派より見れば恰も味方を売るやうに見え候はんも今日の処川島を除きて警務学堂の監督たるに適当の人物あるべしとおもへねば川島をして其非を遂げさせても監督の地位を持続させる外なしと必ずしも我友に私するにはあらで公平に考へて小生は断案を下しをり候　併し小生の一身より申さば川島が弥々其気ニ成りて不平派の処分を断然為す時は小生の屑よく勇退すべき時期と存候」

と書いている。

しかし、せっかく好機にめぐまれながら、このような結果になろうとは、何と不運なことか。彼は同じ手紙の中で、次のように書いている。

「ア、どうして小生はかうも不遇に候ものか　かかるをりには遇痴に成りて頻に天が怨めしく成り候へど公平に見たならばこれも小生の性質の然らしむる所にて原因は必ずここに在らんと存候　狷介世に容れられずと云へば人聞はよろしけれど、其実狭量にして融通の利かぬと云つたらこんなに利かぬも滅多にあるまじく候」

辞職

彼がおそれた時は、意外に早くやってきた。七月十八日、彼は川島と大衝突をしたのち、ついに辞表を提出したのである。

そのことは、もちろんいろいろな衝突が積み重なったためで、必然のなりゆきなのであるが、直接の原因になったのは、いかにも二葉亭的としかいいようのない些細なことであった。

学堂の職員には妻帯者も独身者もいたのであるが、彼等は皆隣り合わせの官舎に住んでいた。独身者としては、妻帯者が、夫婦仲よく語らい、時には三味線などならして夜遅くまで楽しげに過ごすという生活ぶりは、うらやましくもあり、また癪にさわることでもあって、安眠妨害だといって苦情を申し入れた。ところが妻帯者の側はそれをきくと、わざと自分たち妻帯者仲間だけで宴会をひらき、遅くまで三味線をかきならしたので、独身者は大いに面白くなく、外出して酒場や遊里に足を入れるようになり、それがだんだん深入りして、ついにはその遊蕩ぶりが世間に目立つようになった。妻帯者の側は、その事態を重視して、秩序維持のため一部首謀者の処分を川島に進言し、川島もこれを受け入れた。二葉亭は、自ら独身生活の寂しさを味わい、どちらかといえば独身者の気持ちに同情していたし、また、彼の性格としても、めぐまれない独身者に加担する気持ちであったから、その処分を不満として、取消すよう川島に抗議した。しかし、それが受け入れられず、処分が敢行されると、断固辞表をたたきつけたのであった。

せっかく、彼が理想とした職をえ、その手腕をふるう初めての機会をえたのに、わずか九ヵ月間で彼自らその座をすてたことは、いかにも惜しいことである。しかし、「これも小生の性質の然らしむる所にて」

と、彼自身もいうように、それが彼の宿命であったかもしれない。どんな理不尽にも、それを批判することが自己の立場にとって不利とわかればあくまでも耐え、またどんな悪辣な手段を用いても自分をうまくたちまわらせるのが政治家というものである。彼には、そういうことは断じてできなかった。その意味では、彼はその職に、やはり適さなかったといえる。しかも適さないにもかかわらず、お袋の気に入るためには、あえてそういう職を求めねばならなかったところに、より多く彼の悲劇があった。彼は同じく逍遥宛の手紙に、

「最早多くの望を持ち居らず、日本に帰つたら小さくとも自分の学校をこしらへ、それを根拠地として貧乏と戦ひつつどこかの新聞の一隅をかりて熱だけはおもふさま吹いてそれを責めてもの念晴らしに寿命が尽きたらガツクリまゐりたく候　この上の望ハ最早持たず候　たゞしつこけれど心掛りはお袋に候　かゝる折にはおもはず取外して『お袋がゐなかつたなら』など不埒なる考も念頭に浮び申候」

と書いている。もし「お袋がゐなかつたなら」、それは彼の本音であったと思われる。

二葉亭が辞表を提出すると、川島は、それまでの対立をはなれて極力慰留した。そして、それでも意を変えないことがわかると、二葉亭のそれまでの功績に報いるために、三百五十元を贈った。その意味では、川島はやはり政治家として、大人物であったといわなければならない。それゆえにまた、二葉亭が、学堂を円満におさめるための犠牲になったのでもあったといえよう。

明治三十六年七月二十一日、彼は、北京を後にして東京へ向かった。彼が初めてロシアの土をふんでから

一年あまりのことである。二葉亭としては、いずれまた北京にもどるつもりであった。当時『順天時報』という雑誌が、公使館の補助を受けながら細々と出されていたのであったが、経営難におちいり、しかも持主が多病で後継者をさがしていた。彼は、何とかその金を工面して、買いとりたい腹であった。彼は北京をたつ寸前に、学堂の部下の一人である阿部精一に、一つ金の工夫をして引き受けるつもりである。書くほうは僕がやるから、君は経営に当らないか、ともちかけたといわれている。しかし、その志は、帰朝後実現されなかった。

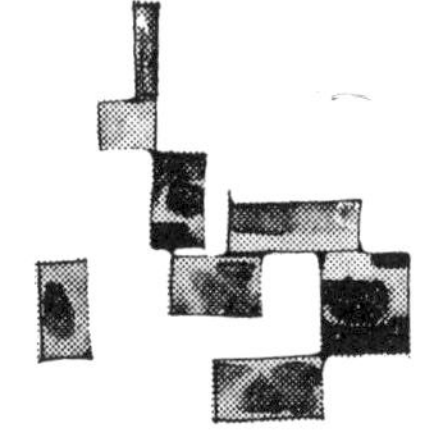

朝日新聞入社

――記者失格――

帰国　二葉亭が本郷西片町の自宅に帰り着いたとき、彼は子供たちへの土産(みやげ)を何一つもっていなかったといわれている。それだけあわただしい帰国であったといえるが、また、彼の無頓着さをあらわしているともいえよう。

ところで、帰国した二葉亭をまちうけていたのは、予期したとおり再び金銭の問題であった。北京にいる間は、かなり収入もあり、本国からの便りによれば、老母もたいへん喜んでいてくれた様子であったが、帰国してそれがとだえると、すぐまた不機嫌な顔をあからさまに見せはじめた。彼としても、前ほどの楽はさせられぬものの、アジア関係の評論家として、多少は世間も認めて、原稿の依頼もあるだろうと期待していたのであったがだめだった。例によって、いやいやながらも文学書の翻訳でかせぐ以外になかった。それとてもあまりはかばかしくはなく、ゲーテの『ウィルヘルム・マイステル』と、トルストイ、ゴーゴリ、ツルゲーネフの短編集の翻訳を計画して、原稿料についてであろうと思うが、本屋と折合がつかず失敗、結局年内には、ツルゲーネフの『煙』を一枚一円の約束で、途中の百四十四枚まで訳したにすぎなかった。つまり百四十四円の収入である。月二百円でそれまで生活してきた彼の家では、それでたりようはずもなかった。母親の機嫌は悪くなる一方で、ついに耐えかねた彼は、長崎のロシア人の経営する商社の番頭の求人広告をみて応募してみようなどと考えたことさえあった。幸いそれは、逍遙はじめ周囲の猛反対にあって実現はしなかったが、開戦を前に、日露が互いに睨みあっていた当時の情勢では、いわば敵方の手先になるようなもので、あれほどの愛国者である二葉亭としては正気の沙汰とはいえないことである。それほど困りきっていたともいえる。

もちろんロシアへ向かう前に、外国語学校の生徒に話し、また北京から逍遙宛の手紙に書いたような、日本へ帰ったら東洋商業学校を設立するという計画の実行などは、思いもよらなかった。

日露開戦

そういう彼に、思いがけない機会が訪れた。明けて三十七年二月、日露戦争が勃発、それによって彼に、ロシア関係の評論家としての活躍の場が与えられたのである。

彼は、日露開戦と同時に、官報局時代の局長高橋健三を通じてかねて知りあいであった内藤湖南の紹介で、大阪朝日に、東ロシア及び満州に関する調査と、ロシアの新聞の最近情報の翻訳とを担当する記者としてこないかと誘われた。それに対して、彼の要求は、まず第一に東京に居住できること、第二に月給百円ということであった。その二つとも受け入れられて、三十七年三月、大阪朝日の東京支社出張員という形で入社が決定した。百円という月給は、彼の警務学堂提調時代の月給銀二百五十元がほぼ二百円であり、その半額であるので何でもないようであるが、当時の記者の月給としては、破格のものであった。福田清人著「近代の日本文学史」によれば、正宗白鳥が明治三十六年読売新聞に入社した時の初任給は十五円、若山牧水は四十一年中央新聞に入った折三十五円、石川啄木は朝日新聞に四十二年入社した時は、三十円であった。この頃新聞記者となつた小野賢一郎によると、普通三十円、先輩四十円が相場であったと記している。

しかし、当時彼が逍遙に宛てた手紙の文面に、それに関して、

「先達而(せんだって)大阪朝日の内藤湖南より書面到来　若し今以て入社の希望あらバ百円にてハ六かしきゆえ其以下にて minimum（最低限）を申越せとやうに申来候　百円以下にてハ御承知の家計ゆえ到底やりきれ不申候」

とあり、月百円という金額は、彼が母にある程度の満足を与えながら、家庭を維持してゆくために、どうしても必要な金額であった。しかもそれが一介の文人、サラリーマンの身分としては破格の金額であるだけに、結局その差の分を彼が良心と金銭との間で煩悶する結果となるのである。この朝日への就職にしても、彼は、無理をして朝日に百円ださせたわけであるが、その結果当然責任は重くなり、結局彼にかかる負担となった。高い金をはらえば、相手も商売である。それだけの成果を期待するわけである。

記者失格

残念ながら、記者としての二葉亭は、あまり成功したとはいえなかった。その結果、高給であるだけに風当りも強く、苦境にたたされる破目となる。

彼の記事が大阪朝日の紙上にのったのは、入社後半年も過ぎてからのことであった。もともと、日露問題については書きたくてうずうずしていた二葉亭のことであったから、そんなに長く原稿を送らないはずはな

く、書き送ったものが、編集局で没書にされたと推定される。

初めてのったその記事も、力を入れた物ではなく、「摩天嶺の逆襲」と題する際物風の雑文であり、おそらくあまり没書が続くので、半ばあきらめて書いたのではないかと思われる。没書の原因はいろいろ考えられるのであるが、その一つは、ロシア事情を知りすぎていた彼は、もちまえの性格から、こういう事態に、戦争はきっと勝つと信じきったような楽天的な読者受けをする調子のよいことが書けなかったためであろう。

当時彼は、ロシアについていろいろ友人に語っているが、例えば、旅順はなかなか落ちまいと思う。もちろん日本のことだから落とさずにはおくまいが、十万人ぐらい殺す覚悟でなくちゃいけない。といって、その理由を兵器の種類から大砲の数、およそ参謀本部でなければ知らないようなことまで挙げて説明した。また、講和条約がはじまったときに、友人の一人が償金の十億ぐらいはとれるだろうというと、不思議そうな顔をして、あべこべに償金はこっちから出さねば承知せぬかもしれぬ、といったといわれる。

ともかく、彼はロシアが非常な強敵であり、今度の戦争は、日清戦争のときとはちがって、決して容易ではないと考えていた。そういう態度は、後のものであるが、

「旅順も弥陥落した、もう戦局の前途も大抵見極は付くと言ったら、馬鹿を言へ戦局の前途なら最初から見極は付いている。此見極が付かんで戦争が始められるものかと言ふ人も有らうが、さう言ふ人達は好く考へて見るが好い、果して其様な口幅ッたい事が言へた義理か、旅順にしても此程の犠牲を供してから長く掛らうとは果して予想した事か、陥落は陥落しても予想通りでは無かったといふのが事実である。其他

西伯利亜（シベリア）鉄道の輸送力にしても、波羅的（バルチック）艦隊の来航にしても、予想通りでない事は沢山ある。（中略）我輩は断言する、今度の戦争は必ず勝つと高を括って始めた戦争ではない、勝つ勝たぬは第二の問題として先以て万止むを得ぬから始めた戦争だ。」（『満洲実業案内』）

という記事原稿にもはっきりみられる。それは、表面の騒ぎにまどわされず、真実を見極めようとする態度であり、こういう事態にはもっとも必要なもので、また価値もある。しかし実際には、それは「勝った、勝った」の号外に酔わされている国民には通じないことであり、したがって、新聞社の商業政策と一致しなかった。こういうときもてはやされるのが安直（あんちょく）な自国賛美（さんび）であることは、その後の戦争において我々がよく知らされたところである。

没書の原因のもう一つは、彼の原稿が新聞向きとしては詳しすぎ、むずかしすぎたためである。後に彼の原稿を見た東京朝日の主筆池辺三山（さんざん）は、

「一部の著述とまでは行くまいが一冊の取調書であつて、どうしても新聞社へ持つて来るよりも参謀（さんぼう）本部か外務省へ持つて往（ゆ）けと言ひたくなる様なものであつた。英国あたりの新聞読者ならば喜んで見るかも知らぬが、日本の読者には此んなものは沢山載（の）せては愛想をつかされさうだ。ハ、アこれだ、長谷川君の書いたものゝ大阪に載（の）らないのは何か行違ひも有つたらうが、何時も此んなものでは大阪でも持て余す気味が無いでも無からうと思つたのでありました。」（『二葉亭主人と朝日新聞』）

と書いている。結局、

「満洲旅行中切に感じたる普通智識の培養に力めながら、兼て理想の東亜経営問題に全幅の精力を傾注してみる考」

で意気込んで朝日に入社したにもかかわらず、一年間を通じて大阪朝日に載った二葉亭の原稿は、雑文風のものたった四通にすぎなかった。

進退問題

安月給ならともかく、高給をとる記者である。しかもこの年には金の都合か、内職が盛んで、「女学世界」の一月号に『黒龍江畔の勇婦』、同三月号に『露西亜の婦人界』、という二つの雑文を、「文学界」二月号にポタアペンコの『四人共産団』、七月トルストイの『つゝを枕』(出版)、「新小説」七月号にガルシンの『四日間』と三つの翻訳を書いたため社の原稿も書かずにそんなものを書いているということで、決して怠けていたのではないのであるが、表面上の結果だけを問題とする社の幹部から職務怠慢とみられて、年明けと共に二葉亭の去就は、大阪本社で問題にされはじめた。

折から連載された『満洲実業案内』も、例の三山のいう「参謀本部か外務省へ持つて往けと言ひたくなるやうなもの」で、当初の連載予定が三カ月であったのに、わずか十三回がとびとびに載せられただけで中絶されるという結果であったから、二葉亭を排斥しようという火の手は、一層強まった。

ついに三月のある日、東京朝日池辺三山から呼び出しをうけて出社すると、大阪朝日の上野社長からのことづけで、二葉亭を辞めさせるという大阪の幹部、特に強硬な村山会長などに、いろいろ弁護を試みたが、なにぶん村山が承服せず間にたって困っている。どうしたらよかろうか、という相談であった。露骨にいえば勇退の催促である。二葉亭にしてみれば今までの成績からして、まるで予期しないことでもなかったが、こうはっきりいわれるとは思ってもいなかった。自尊心も責任感も人一倍強い彼のことであるから、このときの、無念やるかたない気持ちは、我々の想像以上のものであろう。

しかも口惜しいことに、家族を背負った彼としては、以前のように「はいそうですか」、といって、やめるわけにもゆかなかった。

三山の恩遇

「係累多き身はかういふ時に進退を潔うする能はず」と、彼は逍遙宛の手紙に書いている。彼は、もう一、二カ月猶予してもらいたいこと、その間に実際に役立つか否か試験してもらいたいこと、自分も最後の決戦のつもりで働き、もしそれでだめだったら自ら潔く引退するつもりであることを、口惜しさをこらえて池辺三山につたえた。三山はそれをもっともなことであるとし、

「人の進退は軽率に決すべきにあらず、従来は間違だらけにて当人に十分に活動の機会を与えずしておきながら役に立たぬといふて処分するは当人の履歴にも関する事なり故に此際東朝社の方にてもう少しやらせてみては如何とかやうに申やるべし」

と、約束した。

しかし、この時三山は、記者としての二葉亭に、すでに期待はしていなかった。彼の作家としての才能の

ほうを惜しみ、それがいつか朝日のために役立つときがあろうと、いわばそれまで遊ばせる積りで二葉亭の残留をはかったのである。彼は回想記の中で、

「底で私は駄目だと思つた、といふのは私は勿論始めからして長谷川君を小説家視して居ました一人で、二葉亭四迷でこそ新聞の役に立つで有らうが長谷川辰之助という翻訳記者では手に合ふ筈がないと腹の中で極めて居た末の事であるからです。けれどもさう言つて仕舞つてはます〳〵駄目な話だ。大阪で断念して仕舞へば朝日が二葉亭四迷を失ふ事になり、又長谷川君に断念せらるゝと私が友誼甲斐もない事となる。」

池辺三山

と書いている。今すぐ役立たなくても、将来のために、と彼をうけ入れた先見の明が、三山の偉さであり、結局、漱石、二葉亭と二人の偉大な作家を「朝日新聞」に引きだし、数々の傑作を残さしめた要因であろう。二葉亭も、最初こそ

「最早到底駄目に候。よし駄目でなくとも小生は最早居据る気になれず候」(逍遙宛の書簡)

と思ったのであるが、三山の恩遇に甘えて、他によい仕事のみつからぬまま、朝日にいすわることになる。

もちろん前のような原稿ではだめということがはっきりしたので、それをやめて、たまにぶらりと東京朝日の編集室を訪れては、社を足溜り(あしだまり)に付近の雑沓(ざっとう)を見てまわり、気が向くと机に向かって何か書いていた。しかし、結局それも書きかけでやめてしまうことが多く、時の首相桂太郎の独白の形で、ポーツマス条約に対する世論を風刺した『ひとりごと』とか、『昨今のウイッテ』『其後のウイッテ』『某政治家のかぐや姫評』のように、小説風に面白く脚色した批評を、三つ四つ発表している。しかし、そういう仕事は彼にとって、当然不本意なものであり、興味本位なものを書いた後には決まって、書かなければよかった、という悔恨(かいこん)の念におそわれた。

二葉亭がそういう気持ちを味わうのは、せんじつめれば彼が朝日と無理な契約をしたためである。母の要求がなく、百円などという高額の必要がなければ、たとえ朝日の記者としても、これほど風当りは強くなく、強いて興味本位なものまで書かなくても、彼の地味な論文で結構やってゆけたはずである。そのうちには、少数ではあっても彼の真の理解者にめぐまれ、それなりの読者をとらえ得たかもしれない。

彼の生涯において金銭の必要が、彼の理想の実現をはばむ、という場合は多い。彼が『浮雲』によって文壇に進出しようとしたとき、あるいは、大陸で宿願の政治活動を続けようとしたとき、その挫折(ざせつ)を余儀無くしたのは、金銭の必要であった。そして今また、良心と金銭との板ばさみが、彼が政治経済評論家として、正常にのびることをはばんだのである。

苦悩の日々

明治三十八年九月、日露戦争が結末をつげると、いよいよ彼が筆を執る機会はなくなってしまった。しかし、前にものべた家庭の事情から、さて他になにをするということもなく、三山の好意に甘えていた。

しかも、彼の家庭は、一つ屋根の下に住みながら老母と先妻の子が二人と、後妻とその子が二人、てんでんばらばらに暮しているという具合で、失意の二葉亭を慰めてくれるということもなかった。そういう中で、彼が特に愛したのは犬と猫である。もともと、彼は動物好きであったのだが、この頃の彼の可愛がり方は、常軌をこえていた。北京警務学堂時代の部下の阿部精一は、ある日二葉亭を訪問したときのことを、次のように書いている。

「氏の宅に斑の無様な些も愛敬の無い大きな一匹の牝猫が居る。対座中に何度となく氏の書斎に出入をするが、其の度毎に外眼にも五月蠅い程根気好く立つて障子を開閉して世話をして遣られる。氏の話に依ると此奴は原と野良猫であつたのが何日となく居付いたのださうだ。牝だから毎年沢山の子を産む。其を一匹〳〵と面倒を見て育てゝ、猫好きで小人数な子供の無い様な先きを見付けては嫁入り聟入り、片を付けて遣られる。普通を通り越した愛し方だ。余りの事だから　貴下は何処が面白くて面倒を見られるか、私は犬は好きだが猫は嫌ひだと言つたら、そりやア全たく比較にならぬ、犬と猫とは趣むきが異ふ、成程犬は怜悧で愛敬がある、僕も好きだが、其の弊は愛敬を通り過ぎて殊更に意を迎へて媚び諂ふと云ふ点がある、少し面白くない、其所へ行くと猫の方は天真爛慢で淡白だ、些も作為する所がない、其で居て家の事は一から十迄能く心得て居る。僕の所の此奴でも、家で一番恐い者は老母で、下女などは馬鹿にし切つている、妻には何をお前がと言うた様な風な冷淡、玄太郎（令息）には懐いて居る、僕に向つては貴下には些の隔意もないと言ふ態度だと話された。」（『北京警務学堂に於ける長谷川君』）

犬や猫を、まるで人間のようにみているが、そういう擬人化するほどの愛情が、後に、『平凡』の中の「ポチの話」を生んだといえる。しかし、こうした動物溺愛は、他にも、広津柳浪の、やはり不遇をかこった晩年などにも認められるところであるが、それはどちらかといえば彼等の家庭的な孤独を、より強く印象づける。家族間でもちえない心と心のふれあいを、動物とのそれによって代償させているように思われるからである。

しかし、失意のうちにありながらも、朝日新聞の首がつながっているために、ともかく生活費の心配をする必要もなく、また、老母のぐちをきかずにすむことがまだしもの幸いであった。それゆえに、三山に対する恩誼は、もちろん人一倍感じていたので、

「長谷川君が晩年に敬服して居られたのは東京朝日の池辺三山先生である。『三山がく』と云ふことは近頃幾度も聴かされた。『物が分るのは三山だけだ。徳もあるが略もある』と云ふ様な批評だつた。」（大庭柯公『対露西亜の長谷川君』）

といわれている。したがって日露戦争が終わって一段落し、彼のする仕事がなくなり、一方朝日の方針が、それまでの戦争読物から文芸物中心にかわり、三山からたっての願いとして小説の執筆を依頼されたときも、彼は、その申し出をことわりきることができなかった。

『其面影』の執筆

二葉亭に小説の筆を再び執らせる直接の交渉にあたったのは、弓削田精一であった。彼はたびたび二葉亭宅を訪れ、小説を書くことをすすめた。二葉亭は、

「今自分の関心は政治にあり、小説を書く気持ちはない。」

とことわった。

「しかし政治は政治、文学は文学である。政治家だから文学がだめというきまりはない。西洋には政治と文学の両刀使はいくらでもいるではないか。君も、是非それをやってもらえまいか。」

と弓削田は重ねてたのんだ。そしてある日、再びその話をもちだし、二葉亭にとって政治と文学が両立するか否かについて、えんえん四時間にわたって議論した。弓削田が記するところによると、二葉亭はそのとき、しまいには眼鏡をはずし、その眼鏡を原稿用紙でふきながら、うす赤い眼に涙をうかべて、

「世間の奴等が僕を小説家にしてしまつて他の事は少しも見てくれない。君もやはりその一人だ。」

さも無念らしくいった。

「いやそういうわけではない、政治は政治、文学は文学、両方やれというのだ。」

と、弓削田はくりかえしたが、

「そんなわけにはいくものではない。」

と二葉亭はどこまでも不平そうであったので、その日は、うやむやのままに引きあげた。翌日、また押し問答をくりかえすつもりで彼が訪ね、

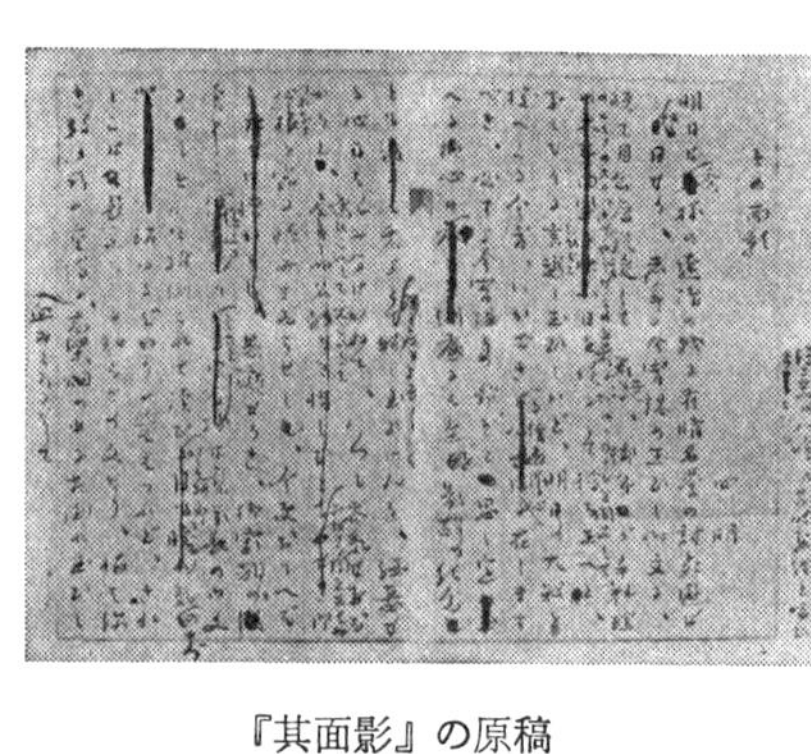
『其面影』の原稿

「君の希望を事実にするには時期をまつほかない。厭でもあろうが僕の希望でなく、社会の希望を容れてそれまでは小説を書いてもらいたい。」

ときりだすと、二葉亭は、

「仕方がない。」

といって、あきらめたのか意外にすぐ承知してくれた。しかし、弓削田は、このとき二葉亭の胸中を知るだけに、

「嬉しくもあったが、非常に気の毒でもあった。」

と同文中で告白している。

それが、明治三十九年五月頃のことで、この年の十月から『其面影』が朝日新聞に連載されるのである。『浮雲』以来ほぼ二十年ぶりの創作であり、しかも思わぬ結果生じた、決して彼の本意とせぬカムバックであった。彼としては『浮雲』のときのような熱情はなく、これまで大した仕事もせず徒食させてもらった朝日への義理、また、それを何の文句もいわず認めてくれた三山への恩義で、止むなく執った筆であった。が、いざ書くとなれば、いいかげんな仕事のできないのが二葉亭の性分であって、『其面影』を執筆中の二葉亭は、眼がくぼみ、肉がおちるほど苦心した。その間はまったく訪問客を謝絶し、家人が部屋に入ることすら禁じた。眼は血走り、顔色が青く

なるほど全力を傾け、日に幾十ぺんとなく書き改めた。そのため、とかく締め切り時間を遅らせがちなので、ときどき編集局から社員が様子をみにいったが、あまりの苦心惨憺たる様子に、誰しも気の毒になって、催促しかねたといわれている。三山が、それを「造物主が天地万物を産出す時の苦しみ」と書いているほどである。

書斎

『其面影』の反響

しかし、彼がそこでした苦心は、どちらかというと、いかにして読者うけのする面白い小説にするか、という面に重点をおいているふしがみられる。おそらく、朝日をあやうく追いだされそうになったところを三山に助けてもらったあの事件以来、二葉亭には、なんとかして三山に、営業面でよい成績をあげることで恩をかえしたい、という気持ちがあったと想像される。『其面影』を書くについても、その責任感が何より強く働いたと思われる。したがって、内田魯庵のいうような、

「苦辛したのは外形の修辞だけであつて肝腎の心棒が抜けてゐたから、二葉亭に多くを期待してゐたものは期待を裏切られて失望した。」（『おもひ出す人々』）

という言葉は酷評としても、その主題とするものが、『浮雲』とくらべて幾分浅いことは否めない。しかし、同時代の他の人の作品と比較すれば、十分水準をこえているのであって、とりわけ、そこに描かれている小夜子という女性像の魅力は、我が国文学史上数指に入るものといって過言ではない。もちろん読者からの反響はすばらしいもので、東京朝日の編集局は、主筆から給仕に至るまでこぞって感嘆した。前には二葉亭の満洲・ロシア関係の論文を虐待(ぎゃくたい)した大阪朝日の編集局までが、二葉亭の籍が大阪にあるのだから、大阪の紙上にも載せるべきだ、と抗議をもちだすほどであった。もちろん、文学雑誌はこぞって彼の文学に関する談話や論文を載せ、ふたたび文人としての名が輝いたのであった。

しかし二葉亭は、その名声に少しも満足はしなかった。自分の作品がどの程度のものであるか、よくわかっていたのである。

「かやうに苦んで都合よく出来上つた時には、本人自ら其(その)結果の人工だか鬼工(きこう)だか分らぬ様な物も見流して満足でもすると其れが慰みになる筈ですが、長谷川君には聊かもそれがない。自分の作物の出来栄に、如何にも不満足らしいばかりでなく、何やら恥かしいとでも思つて居る様でありまして、私共がうッかり下手な称賛でもしやうものなら長谷川君は忽ち機嫌を損じさうでして、其れで自分独りで苦しむのです。」

(『二葉亭主人と朝日新聞』)

と三山は書いている。おそらく、このときの二葉亭の最大の不幸は、命をすりへらすほどの苦心をしながら、その仕事に、普通の人は多少なりともえる自己満足を、まるでえられなかった点にあるといえるであろう、彼にとって、創作することは、苦痛以外の何物でもなかった。

漱石との競作

ちょうど、二葉亭が『其面影』を連載していた頃、夏目漱石が東京朝日に入社した。かねてからの三山の働きかけが功を奏したのである。漱石は、三十八年『吾輩は猫である』で文壇にでて以来、名実ともに当代一の人気作家であった。二葉亭も、その文学に対する造詣の深さでは人後におちず、いわば、当時において、稀少な作家を二人までも、三山は手中にしたのである。大いに、小説をよくする希望をもって、三山は、二葉亭に、これからは漱石と彼の二人でかわるがわる小説を書いてもらいたいむねをつたえた。しかし、この当代一の人気作家、夏目漱石との競作という栄誉にも、二葉亭は「宜かろう、やりましょう。」とそっ気なく答えただけだった。「其時は私は誠に嬉しかつたが、長谷川君は根つから嬉しさうな顔はしなかつた。多分致方なく一寸往生したのでせう。」と三山は書いている。

夏目漱石

『平凡』

明治四十年十月から彼は、漱石の『虞美人草』のあとをうけて『平凡』の連載を

『其面影』、『平凡』執筆の西片町10番地にの34号の家

はじめた。その準備をしつつあった六月頃彼は、突然急病に犯されほとんど七十日余り病床にいた。それ以後著しく健康を損じ、日頃健啖であった彼が、急に食欲を減じ、あるとき内田魯庵が見舞にゆくと、

「『此頃は朝飯はお廃止だ。一日に一杯ぐらゐしか喰はない。夜もおちおち寝られない、』と云つた。『そりや不何ん。転地したら怎うだい、神経衰弱なら転地が一番だ、』といふと、『転地なんぞしたつて癒るもんか。社の者も頻りと心配して旅行しろといふが、海や山よりは町の方が好きだ。なアに、僕の病気は何でも無い、小説を書かないでも済むやうにさへして呉れたら其瞬間に直ぐ癒つて了ふ』と云つて淋しく笑つた。」（『おもひ出す人々』）

そのため、構想も思うようにはたたず、彼としては、できればこの作品を創作ではなく、翻訳にかえてもらいたかった。彼は、七月十日、朝日新聞社の渋川玄耳宛の手紙に、苦しまぎれに、

「小生の都合を申せば創作にハ実に油汗を絞り申候　而して其結果を観れば翻訳の方が比較的佳なりといふが世間之定評らしく候　これほど馬鹿気た事ハなく候　創作をといふ御注文は出来不出来よりも寧ろ世間の

注意を惹く度合より出てたる事と存候へど若し小生にも漱石氏同様具眼の読者のみを相手にして執筆することを許さるゝならば翻訳にても差支なしといふことには願はれましくや 即ち成るべく創作を、若し出来なかつたら翻訳にてもよしといふ余裕をつけておいて貰ひ度候が如何と一応御協議願上候」

と書いている。しかしそういう申し出がきき入れられるはずもなく、彼は、「感興の乗らぬを無理に執筆した」のであった。

が、これは、第一作がともかく成功したことで責任感から解放され気楽に筆をとったこと、また、このどうにでもなれという気持ちが、かえって二葉亭の地のままをあらわし、洒落な江戸ッ子風の生きのよさとなって、ユニークな作品となっている。とりわけ、犬との交情を書いた「ポチの話」は、出色の部分で『其面影』ではくそみそだった内田魯庵なども、「最少し徹底した近代的悲痛が現れなければならない筈であったが、案に相違して極めて平板な不徹底な家常茶飯的葛藤しか描かれなかった」のを不満に思いながらも、「文人としての二葉亭の最後を飾るに足る傑作」と認めている。

ロシアへの関心

それだけの成功をおさめながらも、二葉亭には自ら文学者にもどる気はなく、むしろできるだけ文学から遠ざかりたい気持ちであった。この頃の二葉亭は、小説を書く間は昼夜の別なく、それのみに没頭するが、それがすんで一息つくとたん、いやな勉強から解放された子供のように、そういう一切を忘れて他のことをはじめたといわれている。エスペラント語の研究もその一つであるが、彼の関心の中心は、やはりロシア問題であった。特に、ロシアの虚無党の革命運動に関心をもち、その頃日本に亡命してきたピルスウッキーその他革命家たちを世話するためには、人知れず骨をおった。彼は、彼等を多少なりとも思想上でつながりのありそうな政界の名士に紹介したり、彼等が発行する露文の雑誌を助成したり、あるいは、文芸上の日波（日本―ポーランド）協会の設立を計画したり、彼等のために特に奔走した。もともと、二葉亭は、日本の海外発展を夢みる帝国主義者であるが、若い頃からベリンスキーに傾倒したり、下層社会に関心をもったり、彼自身「社会主義者」と自称するように、そういう革命家と通ずる多くの面を持っていたと思われるが、それ以外に、彼等を利用して再び国際的舞台に進出しようという野心が中にあった。その頃、ロシアにいる阿部精一に宛てた手紙の中に、

革命党員ピルスウッキーと二葉亭（左）

「西伯利亜より露国革命派続々逃込み、中には東京へ来るものも有之候故、此等を相手に一と仕事と出懸けし処、相手が丸でお坊ちやんにて話にならず、到頭骨折損となりたり、今も革命派の上京する者は必ず来つてあれこれと相談を掛け候へども最早相手にならない事に決し候、渠等は皆空論を以て事を成さんと欲する徒にて口舌以上の活動をせんといふ意なし、こんな事で何が出来るものかと愛想をつかしたる次第に候、実は最初は今度こそ一世一代の仕事をいふ意気込で取掛けたれども右の次第にて之も亦駄目となりたり。」

と書いている。しかしそうした虚無党員を相棒に、何か「一と仕事と出懸け」る二葉亭のほうが、よほど「坊っちゃん」で、「空論を以て事を成さんと欲する徒」よりはるかに空想家といわねばならない。彼としても、それが実現するなどという気持ちは最初からなく、ただそういう空想に浸ることによって、せめても日頃志の満たされない鬱憤をはらしていたと思われる。

第二のチャンス

そういう二葉亭に、思いがけず、ロシアへ行く機会が再びめぐってきた。

明治四十一年春、ロシアの文人であり記者であるダンチエンコが来日した。ロシア関係といえば朝日新聞では二葉亭が第一人者である。彼は、朝日を代表してその案内役となったのであるが、方に同道する間に二人は意気投合、二葉亭自身も、いわゆる日本の文人と異なった社会的視野の広いダンチエンコと話しあって、大いに我が意をえ、ダンチエンコも二葉亭の識見にすこぶる敬服して、しきりにロシアへの来遊をすすめた。一方ダンチェンコは、朝日の池辺三山及び社長の村山龍平には、ロシア通信員の派遣を要求、その最適人者としての二葉亭の才能、人物を盛んに推奨した。

日露戦争後、日露関係は以前と異なって、親密になりつつあるときでもあり、社がロシア通信員を派遣することはタイミングとしてもよく、社長の村山も、案外簡単に同意した。もちろん、その通信員に二葉亭を任ずることについては、三山の強力な推薦があったことはいうまでもない。三山としては、二葉亭に気のすすまない原稿を二つも書かせたことへのつぐないの気持ちもあった。それが決まったときの二葉亭の喜びようは、ひと通りでなく、

「二葉亭の数年前から持越しの神経衰弱は露都行といふ三十年来の希望の満足に拭ふが如く忽ち掻消されて、恰も籠の禽の俄に放されて九天に飛ばんとして羽叩きするやうな大元気となつた。其当座は丸で嫁入咄が定つた少女のやうに浮き浮きと燥いでゐた。」(『おもひ出す人々』)

といわれている。

彼は、ロシアゆきが決まると、すぐロシア関係のあらゆる名士を訪問、外交上、産業上の意見をきいてまわった。そのため、長旅をまえにして、家族のものとゆっくり話しあう暇もないほどであった。

盛大な送別会

文壇関係者による送別会は、前田晁、田山花袋、長谷川天溪の三人によって準備された。その開催については、二葉亭は、はじめ、自分は文士ではないと、文壇の人たちとのつき

あいのないことを理由に、辞退した。しかし、坪内逍遙が発起人になっているときくと、

「坪内先生の発起！これは大変なことになっているんだネ」。

と声をおとし、胸に迫ったようなおももちで、しばらく沈黙ののち、

「ではお受けするとしよう。」

と答えたといわれている。坪内逍遙といえば、彼の唯一の恩師である。その人が弟子の二葉亭のはれの送別会の発起人になってくれるのである。彼としては、それを感謝して受けざるをえなかった。

そして六月六日、送別会は、上野精養軒において盛大に催された。総勢三十九人、逍遙をはじめとして、出席者は内田魯庵、田山花袋、岩野泡鳴、小杉天外、広津柳浪、蒲原有明、小栗風葉、正宗白鳥、島村抱月等、そうそうたるメンバーであった。彼はその席上、

ロシア渡航送別会（明治４１年）
（前列右から２人目が魯庵，つづいて二葉亭，逍遙，柳浪，抱月）

「平素自分は、ロシアの新聞や雑誌をよんでいるが、そこから察すると、ロシアは、日本ともう一度戦争を交えるつもりでいる。彼等は、世界で白人のみを文明人と考えているのであつて、ロシアが野蛮国日本に負けたのは、イギリスがブアに負けたと同じように、ただロシア一国の不名誉ばかりではなく、世界の文明国のためにゆゆしき一大事である。このままにもしすましたならば、文明は或は黄人の蛮力に蹂躙されて、消滅するかもしれない。一度は戦争にやぶれたが、世界を守るためには必ず近いうちに報復して、日本を二度とたちあがれないようにせねばならないと考えている。

ところで我々日本としては、一度の戦争はロシアのアジアへの南下をふせぐためにどうしても必要で止むをえなかったけれども、二度の戦争は残念ながら日本の国力がゆるさない。国力が充分快復できるまでは何とか戦争はやりたくない。」

と日露の情勢を説明した後、

「それには、ロシア人がまだ知らない日本の文明の真相を理解させて、日本人はブア人のような未開人ではないということをわからせるのが一策であると思う。むろん、その誤解は深く、簡単にはとけまいと思うが、自分が朝日の通信員としてロシアへゆける機会をえたのを幸いとして、我が国の文明を極力ロシアに紹介し、それによつて多少ともその誤解をとき、日露間に再び戦争を招かぬための一助となるよう、つとめたいと思う。」

という意味の抱負をのべているが、彼としては、朝日の通信員として、タイムスのマッケンジーやブローウイッツを期すと同時に、日本の平和のための福音使たらんとしたのであった。

おりから朧の弦月が不忍の池を照らし、新緑の香が胸にしみる宵であったといわれている。

しかし二葉亭はその席にも決められた時間につかつか入ってきて、会が終わるとさっさと帰ってゆくというように、いかにも多忙そうな様子であったというが、そこには、志を実現できて、非常にいきいきとした二葉亭の姿を見ることが出来る。

いよいよ出発

六月十二日、彼は夜の急行で新橋を出発した。東京朝日の幹部をはじめ、友人たち多勢の見送る華やかな門出であった。彼は、まず大阪から敦賀へ行き、そこでロシアから帰国する後藤新平を迎えて、会見するつもりであった。彼としては今後自分がロシアへいって生ずる様々なロシア人との交渉の間に、政府の方針とくいちがい、それを害することのないためにも、満鉄総裁として、ロシアにゆき、その経営問題でロシア政府と交渉してきた後藤新平に、一度その本当に腹とするところをきいておくべきと考えたのである。彼は十四日に後藤に会見、その会見には、他社の記者も一緒であったが、翌日、後藤が名古屋行の列車に乗ると、他社の記者が二等に乗るのをみすまして、その車に同乗し単独で会見、自分がこれからロシアへゆくこと、そのために、是非政府の本当の方針をきかせてもらいたいことを告げると、後藤は、「これは誰にもいってはならんぞ」といって、かなり腹を割ってうちあけてくれたという。それは満州鉄道と東清鉄道をいかにうまく連絡させるかという、ロシアとのかけひきの機密が主であった。後藤

ロシア国会入場証

は、初めて会った二葉亭を大変気に入ったらしく、彼に自らも特別な用件を依頼し、かつ、金が入用だったらいってよこすように、とまでいってくれたという。ともかくロシア行を前にして、その方面の実力者後藤に存在を印象づけ、知己となったことは、まずさいさきのよいスタートであった。

そして、十七日、神戸から汽船で大連へ向かって、これが日本の土と最後の別れとなるのも知らず出発した。彼は、十八日妻宛の手紙に、

「船は一等室に乗込候ゆえ室も奇麗なり　食事は三度とも西洋料理、昨夜は入浴も致し候、内に居る頃から見ると乞食が一足飛に華族になつたやうな気持がしてボーイどもにヘイ〱いはれるたびに何となく気はづかしく相成候へど内ではもツと好いくらしをしてゐるやうな顔をしてわざと大風に構へをり候。」

と書いている。

白夜の露都ぐらし
——死の旅路——

大連(だいれん)、ハルビンにたちよった後、二葉亭がロシアの都ペテルスブルクに着いたのは、明治四十一年七月十五日であった。ひとまず、イギリスホテル（ロシア語ではオテル・ダングルテール）におちついた。妻りうに送ったホテルの絵葉書には、

「三階に看板の掛つてゐるのが即ちホテルにて私は町に向いた部屋の一つに居るのだ。」

と書いている。ロシアは、出発前考えていた以上に物価高で、ホテルの部屋代が一日五円、その他に食事代が五円はどうしてもかかり、これまで大連やハルビンですでにかなり出費がかさんでおり、朝日からは、実費はすべて負担するという約束になってはいたようなものの、あまり高額になりそうなので、さっそく下宿さがしをはじめた。

下宿さがし

三、四日がかりでさがしもとめた家は、裏通りのマッサージ師の家の、十五畳ほどの広さではあったが、一間きりの質素な部屋で、片すみのついたてで囲った中に、寝台と洗面台がおかれている。家具を含めて、部屋代は月四十円で、その他朝飯は自分でパンやかん詰を食べることにして、晩飯を一食六十銭ぐらいで引きうけてくれるという約束であった。

イギリスホテル（オテル・ダングルテール）

不眠症

下宿もきまって、さて思う存分に仕事を、と思ったその晩から、不運にも、彼は強度の不眠症に悩まされ、神経衰弱になってしまった。ロシアの夏は、いわゆるベーラャ・ノーチ（白夜）というやつで、夜十一時薄暗くなって、午前一時二時頃にはもう、かっと明るくなる。それがひどく神経にさわり、下宿に引きうつったその晩からとんと眠れない。

よんどころなく、ぶどう酒やウオッカをひっかけて、その勢いでぐっと寝込むが、二時間ほどして酔が覚めてしまうと、眠りも覚めてしまうというぐあいであった。三、四日に一日ぐらいは熟睡できる日があったが、その次の日からはまた眠れない、ということがくりかえされた。始終ぼんやりしていて、今聞いたこともすぐ忘れる。通信文を書くどころではなく、新聞を読んで電報を打つのがやっとであった。身体も衰弱して、ネフスキー通りで卒倒しかけたことも四、五回に及んだ。

大使館の人達も心配して、帰国したほうがよいのではないか、とすすめた。内々にみてもらった医者も、そういう意見であった。しかし、せっかくロシアまできて、不眠症にかかったからといって、おめおめ帰れはしない、それが二葉亭の気持ちであった。

ともかくできるだけの養生をして、ロシアにとどまろう。彼は、最も大好きで、八歳のときから足かけ三十八年の間、片時も手放したことのない煙草までもやめた。

それが効を奏したのか、さすが頑固(がんこ)な不眠症も日ましによくなり、元気が回復した。それが、ほぼ、ロシアへきて半年のちの、明治四十二年一月のことである。彼は、この年の一月四日、朝日の渋川玄耳に宛た手紙に

「もう大丈夫、通信文も書けるやうになつたから、今年の正月は僕にとつては目出度い正月だ、喜んでくれ玉へ。」

と書いている。

重なる不運

ところがその、喜びもつかのま、二月には肺結核で倒れてしまった。

二葉亭は学生時代から呼吸器が弱かった。日頃、自分でも用心して、痰(たん)は必ず鼻紙へとってみる、というふうで、決してやたらとは捨てなかったといわれている。ことにロシアへゆく前の一年間は、著しく健康を害し、それが心配された。友人の魯庵なども、よほど、寒いロシアへゆくまえに、健康診

断をすすめたかったのであるが、幸い何ともなければよいが、もし万一多少故障があった場合、それだから といってせっかくえた機会に、二葉亭がロシアゆきを思いとどまるとは考えられず、意気のあがった目出度い門出に暗雲を投げかけてはと思い、躊躇したという。

ともかく、その方面の健康を何よりも案ぜられていたのであったが、ちょうど二月の中頃、ロシアの太公の葬式が雨の中で行なわれた。二葉亭もその式にでかけたのであるが、寒いさなか式がえんえんと続き濡れたために、彼は風邪をひいてしまった。はじめはただの風邪と思っていたが、三十八、九度の熱がいっこうに引かないので医者にみてもらうと、肺結核であった。しかも右肺がかなり進行している、という診断であった。そして、このまま寒いロシアにいるのはよくないから、病状の安定をまって、南方のクリミア半島あたりへ転地することをすすめた。そこで、大使館の夏秋亀一等は、二葉亭に帰国をすすめた。

初め、二葉亭はそれを頑固にこばんだ。このまま帰れば生活のためにまた義務的に文学者として筆を執らねばならぬ、それを思うと死ぬよりも厭だ、といったといわれている。

二葉亭としても、せっかくここまできて、何もやらないでおめおめと帰れない、という気持ちであった。しかし病気は重くなる一方であり、日本へ帰れば助かるかもしれないものを、みすみす放っておくべきではない、と夏秋はじめ在留日本人が力をあわせて、二葉亭の説得にかかった。病気が長びき、気弱にもなってきていたので、さすがの二葉亭も、おれざるをえなかった。

二葉亭が帰国を納得したのは、発病後一ヵ月を経た三月の中頃のことである。このとき、責任感の強い彼は、高熱で動くことも満足にできない状態にありながらも、人にたのんで、社あてに「今帰っても迷惑にならぬか」と打電し諒解をえている。しかも、社からは、旅費なども遠慮せずにいってよこしてくれ、と返事したにもかかわらず、何一つ要求しなかった。いくらか社から都合してもらったらどうか、という友人たちのすすめにも、

「此度はおれの勝手で帰るのだから、此の上社の厄介にはならぬ。」

と、頑としてきかなかった。

ロシアを後に

四月五日、数人の在露邦人に見送られて、淋しくロンドンへ向かって出発、帰国の途についた。帰国の方法としては、シベリア鉄道を利用するのが、経費も安く、一番近道でもあったが、病院へ行くために馬車にのるだけでも四十度をこえる熱を出す、という状態で、とうてい九日間もの汽車旅にたえられそうになく、ロンドン経由で汽船を利用するという方法がとられたのであった。最初、出費がかさむことでもあり、二葉亭は頑固にシベリア鉄道の使用を主張したのであったが、来合せた満鉄の

賀茂丸

田中という人が、かつて同じ病気にかかって、わざわざ船で喜望峯を迂回して帰ったおかげで全快したという実歴の持主で、結核には海の空気が一番よく効く、是非そうすべきだと極力すすめ、この際金銭は問題ではない、すべて僕等にまかせて、君は安心していたまえ、と説得したのである。

ロンドンまでは、大阪商船の末永支配人が同行、他に外国語学校時代の教え子二人がつきそっていた。

死の航路

二葉亭をのせた賀茂丸は、四月十日、ロンドンを出航した。大阪商船の末永支配人の依頼でもあり、また事務長はじめ船員たちも彼の文名を知っていたので、特に風通しのよい一等船室がとられ、船医が始終みまわる他に、一等給仕が看護や身のまわりの世話をするために、一人専用につき、食事も、かゆ、ぞうすい、栄養価の高いチーズ、牛乳、卵、肉類が特に彼のために用意されるというように、いたれりつくせりの処遇であった。

乗船する時は、担架で運ばれるほど衰弱しきっていた二葉亭も、次第に回復、十七日マルセイユに着く頃には、家に宛てた絵葉書を、自ら投函するほどになっていた。

しかしそれもつかのまに、二十二日ポートサイドに着く前から再び病状が悪化、スエズ運河を通過、紅海を進む頃からましてきた暑さにいよいよ衰弱して、船医の手当もむなしく、明治四十二年五月十日午後五時十五分、ベンガル湾上で息をひきとった。行年四十五歳である。

彼の死体は五月十三日、事務長以下十数人の船員たちによって、シンガポール・バセパンシャンの丘で火葬にされた。

死後、彼の持物の中から、ロシアで帰国を決心したとき、すでに覚悟を決めてしたためたとおぼしき、遺言状と遺族善後策を封入した坪内逍遙あての一通の封筒が発見された。

遺言状には、朝日からでるはずの涙金は、家族六人で均等分すること、また善後策には、家族一人一人の今後の身のふりかたについて書かれてあり、特に妻りうには、「時期を見て再婚然るべし」とあった。

盛大な葬儀

二葉亭の遺骨が自宅に帰ったのは、同年五月三十日であった。三日後、染井の墓地において、盛大な神葬式が行なわれた。生前親しかった坪内逍遙、内田魯庵、大田黒重五郎、池辺三山はじめ、文壇関係者、新聞関係者、政財界人、と参会者は式のはじまる午後一時には、すでに二百数十名を数えた。

墓標は、池辺三山によって、書かれた。

三山は、墓標を書くにあたって、幾度も躊躇(ちゅうちょ)した。この二葉亭四迷は、故人の最も憎んだ名であ

四迷の墓

る。その名を墓標に書くのは、故人の本意ではないかもしれぬ。三山はしばらくどうするべきか迷ったが、この名は、日本の文学史上に永久に朽(く)ちざる輝きである。二葉亭は、はたして自ら任ずる政経の実践家であったか否(いな)かは永久の謎としても、自らいさぎよしとしない文学を以ってすらもなお、このように不滅の業績を残したということは、一層故人の偉大さを伝えることとなるであろうと、ついに意を決して、二葉亭四迷としたという。

第二編　作品と解説

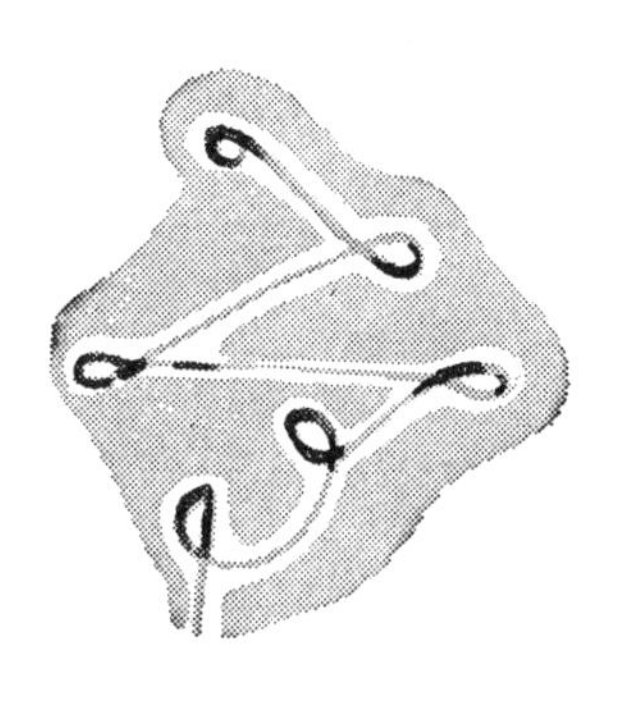

「浮雲」

処女作『浮雲』は三編から成り立っている。その第一編は、仲介者坪内雄蔵（逍遙の本名）著の形で、明治二十年六月、東京の金港堂から出版された。二葉亭はまだ無名であり、出版社も二葉亭の名でだすことを営業的に危ぶんだので、当時の慣習（その頃弟子の作品を師の名義でだすことが多かった）に従い、そうしたのである。

表紙、扉、奥付ともに坪内雄蔵著とあり、序文にはいちおう二葉亭の作であることが書かれているが、その他には、わずかに本文内題のところに坪内と並んで二葉亭四迷の名があり、その下に合作と記（しる）されている。この原稿には、逍遙も多少手を加えたといわれている。

第二編は、翌明治二十一年二月、同じく金港堂から出版された。表紙、扉、内題などの名義は第一編とかわらないが、奥付に、著者として坪内雄蔵と二葉亭の本名長谷川辰之助が並んででている。このときは逍遙の手は加えられず、完全に二葉亭一人の作であったといわれている。

第三編は、さらにその翌年の明治二十二年の七月、八月に、同じ金港堂発行の雄誌「都の花」に発表された。このとき、初めて二葉亭四迷単独名であった。二回目の掲載の終わりに、いちおう「完」とされている

『浮雲』の表紙

が、事実上は未完の中絶である。第三編は、単独の単行本とはならず、一・二編と合わせた合本として明治二十四年、同じく金港堂から出版された。そのときには、もちろん二葉亭四迷著とされた。

『浮雲』第一編が初めて出された明治二十年という年は、坪内逍遙が『小説神髄』と『当世書生気質』を発表した二年後であり、ヨーロッパ文学が、ヨーロッパ文明の一端として導入され、それまでの戯作にかわる新文学として、次第に我が国にも芽をだしはじめた年である。前年には、尾崎紅葉の硯友社も発足している。

あらすじ

〔第一編〕　内海文三は、十四のとき父をなくし、それ以来東京の叔父（父の実弟）のもとにひきとられた。もともと文三の父は静岡の者で旧幕府につかえていたのであったが、維新後その地位を失い、さてこれといってできるものもなく、藩の書記となって、かろうじて一家を養いながらも、夢を息子文三にたくし、少ない収入をさいて彼に学問をおさめさせていた。

そんな父を失った文三は、ひきとられた後しばらく叔父の家で書生のようなことをしながら、私塾に通っていたが、そのうちに給費の学生を募集しているときいて応募、そこを二番とは下らぬ成績で卒業した。現在某省に勤める下級官吏である。学校時代は、あれほどの秀才であったのに、実社会に出てからは要領が悪く、あまりうだつがあがらない。

叔父の家には、お勢という二十になる娘がいた。はねっかえりのおちゃっぴいであったが、ちょっとした美人で、けっこう学問技芸ののみこみも早く、両親の自慢のたねであった。もともと叔父夫婦は、さきざき文三とお勢をめあわせたい腹で、「彼の人はお前の御亭主さんに貰ったのだよ」などと冗談をお勢にいったこともあった。文三とお勢も、はっきり約束を交したわけではないが、いつしかそのつもりになっていた。

ところがある日、文三は、役所を免職になった。課長に、おべっかを使えなかったためである。そうなると、叔母のお政は、手のひらをかえしたように、文三に対して冷たくなった。あれほどお勢との仲をとりも

団子坂菊人形（毎年菊の季節にこういう店がたくさん出された。その菊見に行くことは、明治人の行楽の一つであった。）

っていたのに、逆にお勢とのあいだを監視するようになった。

おりから役人時代の友人の本田昇が彼を訪ねてきた。本田は、学生時代、出来が悪かったが、如才なく上役にとりいって、今日なかなか羽振りがよかった。彼は、お勢に目をつけ、まず母のお政にとりいった。お政はさっそく、当時としては高給の三十五円という月給にひかれた。お勢も、はじめは知識的な文三を誰よりも尊敬し親っていたのであるが、本田にお世辞をいわれることもまんざらではなく、好きというわけではないが次第に社交的な才子本田と親しくなり、本田の誘いで団子坂の菊見にゆくまでになる。

〔第二編〕　お勢に惚れている文三は、彼女が軽薄な本田ごときに誘われて、はしゃいでいるのがなによりも不満で、彼女の、母や本田たちと一緒にあなたもゆかないか、という誘いもことわった。しかも、心の中は彼女にいって欲しくない気持ちで一杯なので、つい不機嫌に彼女にあたり、それがかえって彼女の気持ちを遠のかせる結果となった。

一方、母のお政はますます本田がお気に入りとなり、それに比例して文三をうとんじるようになった。本田は、初めのように文三のところへ来る、というのではなく、お勢親子のところへしばしば入りびたるようになり、文三が居間へゆくと、三人で楽しそうにふざけあっていることがままあった。そういうとき文三は、一緒にそこに加わろうとはせず、怒りのために青くなって二階の自分の部屋に駆けこんだ。それで文三は、一層彼等から変人視された。文三の本田に対する憤りは心頭に達し、忿懣やるかたなかった。そうしているうちに、文三を爆発させる決定的な事件が起こった。

ある日文三が、いつものように、本田とお政親子の談笑(だんしょう)している座敷のそばを通ると、「ちょっと用があるから」といって本田に呼び止められた。そして、「今日、役所の評判では、此の間免職になった者の中から二、三人復職できるらしい。決して遊んでいられる身でもなし、復職出来るものならこの際、よろしく課長にとり入っておくべきだ。もっとも君にそんなことはできないから、僕がその橋渡しになってやってもいい。」と、お勢に目くばせなどしながら、恩きせがましくいった。口惜しいのをこらえて、「それはご親切有難いが……」と断わると、

「厭(いや)かネ、ナニ厭なものは無理にとはいわないが、だがしかし、痩我慢(やせがまん)なら大抵にして置く方がよかろうぜ。」

といった。文三は血相をかえた。

「そんなことおつしやるが無駄だよ。」

とお政は横合から嘴(くちばし)を入れ、

「内の文さんはぐつと気位が立上(たちあが)つてお出だから、そんな卑劣なことはできやしないさ」

「ハハアそうかね、それは至極立派なことだよ。ヤ、これはとんだ失礼を申し上げました。アハハハ」

文三は真青になって、「それで用はもうすんだのか」という言葉もそこそこに、外へとびだした。思えば思うほど、心の中は煮(に)えくりかえった。自分の地位を鼻にかけての心にもない恩きせがましさも癪(しゃく)だった

が、何よりも、お勢のいる前で嘲笑されたことが、腹にすえかねた。

その夜家に帰った文三は、本田に絶交を宣言した。しかし本田はそれを受けつけない。そこに生じた言い合いも、あきらかに文三の負けであった。

〔第三編〕お政は文三に対して増々冷たくなってゆき、本田はしげしげしくお勢を訪ねて来る。そこでますます親しくなる。その親しみ方も、文三のときとはうって変わって、会えばふざけるばかり。本田はふざけながらもたくみに調子をあわせる。お勢も悪い気持ちではないらしかった。文三の焦燥はつのるばかりである。

そんなある日、お勢は、お政から「本田さんならどうだえ、お嫁にいくのに」、といわれる。口では、「厭なこった」、と答えながらも、まんざらではない。しかしそれでかえって、お勢は表面本田によそよそしくなり、文三は、本田とお勢の仲が一歩進んだにもかかわらず、かえってそこに一抹の望みをつないで、この居ずらい家を去らずにいる。

〔結末の予定〕この作品は、第三編未完のまま放棄された。ところで、この結末はどうなるのか、読者は知りたいところであるが、二葉亭は、後に『作家苦心談』と題する談話の中で、

「大体の筋書見たやうなものを書いたのが遺ツてありましたがね。彼は本田昇は一旦お勢を手にいれてから、放擲ツてしまひ、課長の妹といふのを女房に貰ふと云ふ仕組でしたよ。其れで文蔵の方では、爾なる

ことを、掌上の紋を見るが如く知ッてゐながら、奈何することも出来ずに煩悶して傍観してしまふと云ッたやうな趣向でした。」

と語っている。執筆当時、彼は日記に、結末までのプランを数種書き残しているが、そこには、

「文三お勢を跟随して本田の下宿に入るを発見すること」

「文三のんだくれになり、遂に気違ひになること」

あるいは、

「第二十三回　大団円

一　老母より火難を知らせる事

一　老母の病気並に金子調達たのみの手紙到着

一　孫兵衛帰宅に付その事相談に及ぶ事　貸し呉れたれどお政の『貧乏人を親類にもつもいゝが是れがこわい』などいひたるを聞きて文三苦しむ事

一　お勢本田に嫁する趣に落膽失望し、食料を払ひかねて叔母にいためられ、遂に狂気となり瘋癲病院に入りしは翌年三月頃なりけり」

などとある。それらを総合すると、お勢にすてられた痛手と失業のために、文三が発狂するという悲劇に終わる予定であった。そして、お勢もまた、結局本田にすてられるのである。

ところで、二葉亭は、この良識ある者が破れ悪が勝利するという悲劇によって、一体何を書こうとしたの

であろうか。

題名の由来

彼は、『予が半生の懺悔』の中で、

「兎に角、作の上の思想に露文学の影響を受けた事は拒まれん。ベーリンスキーの批評文などを愛読していた時代だから、日本文明の裏面を描き出してやらうと云ふ様な意気込みもあった」

と書いている。また当時交わりの深かった矢崎鎮四郎は、後に「新小説」に載った談話の中で、

「あれは園田せい子といふ女が主人公でありました。このせい子のやうな極く無邪気な人は、相手の人次第で何うにでも動く、といふのが、日本人の性質である。つまり自動的でなく、他動的であるといふのです。その他動的だから、いいものが導けばいゝが、悪いものに誘はれると悪くなる。これが日本人で、このせい子が日本人を代表したものだとしたのが、『浮雲』の思想であつた。この思想を発展させるに就て、如何にしてそれを発揮したものだらうかといふ一回〳〵の順序、場面の組立に就て苦心した」

と、二葉亭の『浮雲』について語っている。矢崎は、おそらく二葉亭から何かのおりに直接そういうことを聞かされていたと思われる。

お勢は、「紐解の賀の済んだ頃より、父親の望みで小学校へ通い、母親の好みで清元の稽古」をし、生まれながらの器用さで、学問芸事ともに出来のよいように思われ、両親の自慢の種であった。が、隣に官吏が越して来て、そこの彼女より二つ三つ年上の娘が、父親が儒教あがりだけあって、おしとやかで、始終机に

向かってばかりいるのを見ると、「倏忽其娘に蕉陶れて、起居挙動から物の言いざままで其れに似せ、急に三味線を擲却して、唐机の上に孔雀の羽を押立」てるようになった。そして、何としても塾にゆきたいといいだし、親の反対をおしきって入塾した。二年もせぬうちに、その塾頭の女史や西洋の学問の感化を受けて、「襦袢がシャツになれば唐人髷も束髪に化け、ハンケチで咽を緊め鬱陶敷を耐えて眼鏡をかけ」いっぱしの新時代の婦人となった。

また、母の無教養さを馬鹿にし、

「ですがネ、教育のない者ばかりを責める訳にもいけませんヨネー。私の朋友なんぞは、教育の有ると言ふ程有りやアしませんがネ、それでもマア普通の教育は享けてゐるんですよ、それでゐて貴君、西洋主義の解るものは、廿五人の内に僅四人しかいないの。その四人もネ、塾にゐるうちだけで、外へ出てからはネ、口程にもなく両親に圧制せられて、みんなお嫁に往ッたりお婿を取ッたりして仕舞ひましたの。」

などといい、大いに文三を尊敬していたのであるが、それもつかの間、本田の自尊心をくすぐるお世辞に次第に籠絡され、もともと新思想を本当に理解したわけではないから、知識の低い本田とつりあうような女になってゆく。そうしたお勢の深みのない、ただの上塗にすぎない西洋文明の吸収の仕方は、当時一般的な新思想の持主といわれる人々の皮相浅薄さを揶揄しているといえよう。

二葉亭は、

「学校にゐる中は色々な高尚な考へをしても、附焼刃だから、世間に出ると昇みたやうな人間になると云ツたやうなことを考へてかいたんでしたよ。」

と『作家苦心談』で語っているが、本田昇もまた、明治の軽薄族の一典型であった。

明治という文明開化の時代は、あらゆるものが急激な速度で入ってきた。それを、我が国は実に巧みにすばやく吸収したのであったが、考えてみれば、その文明は、外発的なもので、内面的成熟がもたらしたものでは決してなかった。

汽車が走り、電燈が点りながら、それは自らの手によったものではない。借物の知識で作られたのである。良識のある者なら、そこに、実のない空虚さを感ずるはずであった。借物の知識を自分のものと錯覚して、あたかも真に理解したかのごとくそれをひけらかす手合いが横行した。なんでもかでも西洋、西洋の学問を多少聞きかじっていれば、それで自分が偉いと思うようなハイカラ族である。(今でもハイカラという言葉は使われているが、もともと襟の高いYシャツのカラーのことであり、流行の洋服を着た西洋かぶれを指したものである。)

二葉亭は、『浮雲』の筆を執るにあたり、そういう文明開化の知識人というものの軽薄さに、まず着眼したのであった。そして根なし草のように浮動しやすいお勢を浮雲にたとえ、それによって明治の知識人の、表面的なものにひかれてうつろいやすい性格を象徴させ、その悲劇によって、そういう軽薄さに警告を発したものであると考えられる。

官僚制への批判

しかし、この小説は決して一つの特定の意図のみによって書かれたのではなく、それ以外にもいくつかの意図をもって書かれた。その意図の一つは、日本の官僚制度の矛盾をつくことであった。彼は、先にもあげた『作家苦心談』の中で、

「彼の中心になッている思想は、自分が露西亜小説を読んで、露西亜の官吏がひどく嫌ひであッた、其の感情を日本のに応用したのであッたかも知れません。官尊民卑といふことが嫌ひであッた、其の考へが中心かも知れませんよ。勿論、自分のは露西亜の官尊民卑を移してかいたのであッたかも知れない。」

と語っている。

文三は、課長にとり入らなかったために免職される。団子坂の菊見の場面で、本田が、課長に出合って、

「昇は忽ち平身低頭、何事をか喃々云ひながら続けさまに二ッ三ッ礼拝した」

という卑屈さを暴露させるところも描かれており、おべっかさえ使えば、本田のような男でも出世でき、それをしない文三のような男は首にされる、という官僚制度の矛盾が、一つの重要な問題として扱われている。彼はそれをロシアの小説から学んだ、といっているが、確かにこの問題は、かりてきたように概念的であり、この作品の中であまり成功しているとは思われない。もちろん、上役におべっかを使ったりして、とりたてられるということは今でもあることであり、当時もあったと思われるが、それができなかったために免職した、という設定はとってつけたような無理があり、また、本田が課長にぺこぺこする、というところもエピソードとして内容に乏しい。まだ二十数歳で、官吏生活を経験したことのない二葉亭であってみれば、

それもやむをえないことである。しかし、とはいえ明治二十年という時代において、そういう社会批判を試みたという新しさは、大いに認めねばならない。

新旧思想の対立

二葉亭の描こうとしたもう一つの意図は、新旧思想の対立である。

彼は、『作家苦心談』の中で、

「三回あたりからは日本の新思想と旧思想をかいて見る気になツたのは覚えて居ます。お政に日本の旧思想を代表させ、昇、文蔵、お勢などには新思想を代表させて見たのです。旧思想の根柢(こんてい)は中々深いものですからね、新思想がこれに調和した上でなくては迚(とて)も勢力はなからうと思ひます。」

と語り、作中文三の免職をめぐって、

『今までは二階へ往(い)ツても善(よ)くツて是(これ)からは悪いなんぞツて、其(そん)様な不條理(ふじょうり)な。』『チョツ解らないネー。今迄の文三と文三が違ひます。お前にやあ免職になつた事が解らないかえ。』

『オヤ免職に成ツてどうしたの、文さんが人を見ると咬付(かみつ)きでもする様になつたの、へー然(そ)う』

『な、な、なんだと、何とお言ひだ……コレお勢、それはお前あんまりと言ふもんだ、余(あん)り(ま)親をば、ば、ば、馬鹿にすると言ふもんだ。』

『ば、ば、ば、馬鹿にはしません。へー私(わたくし)は條理のある所を主張するので御座います。』

そういうお政とお勢のやりとりを書いたのち、

「是れはこれ辱なくも有難くも日本文明の一原素ともなるべき新主義と時代後れの旧主義と衝突をする所、よくお眼を止めて御覧あられませう。」

と説明している。

彼がいう新旧思想の対立は、もちろん様々な部面に考えられるが、その中でも代表的対立が二つ考えられる。一つは、文三とお政を新旧の典型とする、価値意識の対立である。先の引用文からもわかるように、お政は、社会的地位しか人間の価値として認めない。新しい教育を受けた文三は、それ以外に、人間にとって、もっと重要なものがあることを感じている。

その二人の相反する価値意識の、うめ難い対立である。

新旧思想の対立の第二は、特にお勢の父孫兵衛と本田との間にみられる対立である。直接二人が表面だって対立するわけではないから、対立という言葉は不適当で、むしろ対比というべきであるかもしれないが、つまり、孫兵衛に存在する旧道徳の義理人情が、本田にはまるでない、という二人の歴然とした違いである。この作品において、孫兵衛は、義理人情にあつい旧道徳の見本のような人物として描かれている。彼は、文三の免職後も、文三をお勢の婿とする気持ちは変えないし、文三の実家が火事にあったときも必要な金を用立てるが、そうした彼の行為の支柱となっている思想は、裏切り行為を最も恥とする旧道徳であることはいうまでもない。

一方、本田は、出世のためには平気でお勢をすてるような男である。孫兵衛にみられる道徳の一端すらもない。

このように『浮雲』には、二組の新旧思想の対立、対比が描かれている。

が、先の引用文中で、二葉亭は、「旧思想の根柢は中々深いものですからね、新思想がこれに調和した上でなくては迚も勢力はなかろうと思います。」と語っていたが、その勢力があり根深い旧思想は、対立する二組のうちの、お政を典型とする旧思想のほうを指している。

作品の構成もそうで、結末において、文三が発狂する予定になっていたことは先にのべたが、その原因の一半は、失恋にあり、また一半は、お政の、免職した文三への冷淡さにあった。しかも、その失恋も彼の免職を知ったお政が、二人の仲をひきさき、一方羽振りのよい本田とお勢の仲をとりもったためである。せんじつめれば、社会的地位こそすべてとするお政の旧思想のために、文三が発狂するという構成になっている。文三の生を妨げる根深い旧思想は、お政のそれである。

ところで、この旧思想に対して、「根柢は中々深い」という嘆きは、二葉亭自身骨身に感じたものであった。生涯編でもふれたように、当時の知識人に対していだいた、周囲の立身出世の要求、あるいは、地位こそすべてで、地位のないものは虫けら同然というような意識は、現在の社会にも存在するようなものの、現在とはくらべものにならないほど多数の人が信じきっていたので、世論として非常に強力なものであった。二葉亭自身、外国語学校を中退して以来、大いに悩まされ続けていたのである。特に母のそれが強かったことは前にものべたが、お政は、そういう母をモデルにして書かれたともいわれている。

二葉亭は、先の引用文に続けて、

「新思想の中でも文蔵のやうなのは進んでゐるには相違ありません、が矢張多数であッて、而も現時の日本に立つて成功もし、勢もあるのは、昇一流の人物だらうと考へたのですよ。」

と書いているが、本田の新思想は浅薄ではあっても、文三が手も足も出ないお政の旧思想よりさらに強いものであった。お勢が本田にすてられたということは、二人をとりもったお政も本田には手もなくひねられたということである。つまり、孫兵衛とお政は旧思想の良心的と非良心的の二面であり、文三と本田は新思想の良心的と非良心的の二面である。そして世の中では、非良心的なお政のような女が強い勢力を持ち、文三を狂気に追いやるほどなのであるが、そういうお政も、本田の非良心の前では小さく見える。

ところで、お勢はそのどこに属するのか。いうまでもなく「浮雲」であって、文三と本田の間に浮かんでいて、そのどちらにも影響の与え方によっては染まる存在なのである。決して本田のように非人情なわけではない。文三の免職をはさんでお政とのやりとりなどからも、文三の側に立っていることがうかがえる。かといって文三のようにしっかりした信念があるわけではない。本田のような男にもついひかされる浮動の存在なのである。

『浮雲』の主題

「浮雲」に、お勢のうつろいやすさをたとえ、それによって日本人というものを代表させる意図のあったことは先にのべた。彼女は、そういううつろいやすさの罰として、本田からすてられる、という悲劇にみまわれる。その点では、漱石の『虞美人草』で藤尾がその驕慢さの罰として、しまいにすべての男から見捨てられ、自殺するという構成と似ている。

しかし、この二つが根本的に異なるのは、『虞美人草』の宗近や甲野が、決して破れないのに、文三は破れ去ってゆく点である。軽薄な新思想への警告としては、お勢が悲劇にみまわれるだけで足りた。また、もし他にも裁断さるべき人物がいるとすれば、先ず第一に本田のような人物でなければならない。にもかかわらず、彼が文三の発狂という悲劇で幕を閉じなければならなかったのは何故か。本田が、生き残り栄えるという形をとらざるを得なかったのは何故か。

二葉亭にとって、それが、生のぬきさし難い事実であり、無視し難い現実の認識であったためである。

明治という世は、知識人が良心的に生きるにはあまりにもむずかしい時代であった。彼自身明治の日本人の軽薄さを批判しながらも、さてそれでは新時代にどう生きぬけばよいのか、自信を持てなかった。二葉亭は、古い儒教道徳によって育った。彼自身、「儒教の感化をも余程蒙った」と告白している。しかし彼は、今の世にそれが彼自身のバックボーンになるとは信じられなかった。かといって、新思想の中にも本当に心のよりどころになるものを見つけ出しえなかったのである。『浮雲』において、彼が孫兵衛と文三を消極的に支持しながら、全面的に肯定しきれなかったゆえんである。彼としては、ただ、お政の旧思想の根強さと、その前では文三の新思想は破れ去らざるをえなかったこと。そしてその中で本田の新思想だけが栄える、という矛盾する事実を提出するだけにとどまらざるをえなかった。

いわばそこで描かれたものは、文三のいだく新思想という理想の崩壊であった。それは、彼が無意識のうちに感じた現実の姿であったが、明治文明に対する非常に深い洞察であったといわなければならない。現実と文三の生き方とのどうしようもないくい違い、そこに生ずる自信喪失がこの作品の主題である。

この主題はさらに成長して、『其面影』へと受け継がれ、作中、本田昇は『其面影』の葉村に、文三は哲也として描かれる。

『浮雲』の文学史的価値

『浮雲』は、二葉亭の代表作であるが、同時に、近代文学史上に輝く数少ない小説の一つである。その価値は大きくわけて四つに考えられる。

その一つは、先にふれたが二葉亭自身「一枝の筆をとりて、国民の気質、風俗、志向を写し、国家の大勢を描き、又は人間の生況を形容して学者も道徳家も眼の届かぬ処に於て真理を探り出し、以て自ら安心を求め、兼ねて衆人の世渡りの助」けとならんとし、「日本文明の裏面」、「新旧思想の対立」、「官尊民卑」など、社会的視野広く描く意図を持っていた点である。これは、この時代としては非常に新しい企てであることはもちろん、我が国の小説では、この後自然主義の勃興と共に次第に失われていったものなので特に貴重な存在である。

価値の第二は、これも前にふれたが、いわゆる近代知識人の苦悩が、かなり深く表現されている点である。ヨーロッパ文学が輸入され、坪内逍遙などによって、人情という形でヒューマニテイが、文学の本質としてようやく理解されはじめた時期に、これだけ深い個人の苦悩が描かれたことは、もちろん明治文学史上まったく初めてのことである。

この作品の価値の第三は、これが言文一致、つまり口語的文章で書かれた初めての小説であり、しかもヨーロッパ式の描写技法が駆使(くし)されている点である。特にその心理描写は、近代文学の最高水準に達しているといっても過言でない。森鷗外は、

「浮雲には僕も驚かされた。小説の筆が心理的方面に動き出したのは、日本ではあれが初めであらう。あの時代にあんなものを書いたのには驚かざるを得ない。」

といっている。

第四は、これは非常に重要な点であるが、彼がしいて文三を破れさるもの、とした点からうかがわれるように、自己のとらえた真実にひじょうに忠実であることである。小説は単に物語であるだけでなく、そこに何らかの真実（自然の意）をうつさなければならないとする彼の考えによるのであるが、ここにこの小説が近代リアリズム小説の先駆として、とりわけ高く評価されるゆえんがある。

其面影

『其面影(そのおもかげ)』は、『浮雲』執筆後二十年近くもブランクにしていた小説に、二葉亭が朝日の要請でやむなくカムバック、筆を執った第一作である。明治三十九年十月十日から十二月三十一日まで、東京朝日新聞に連載され、明治四十年八月、単行本として刊行された。はじめ、『二つの心』、とか『心づくし』とか『新紋形二つの心』とかいうような題が考えられたのであったが、内田魯庵の意見で、結局『其面影』におちついたといわれている。

あらすじ

小野哲也(おのてつや)は、八年前帝大法科出身の学士で、現在某私立大学で経済原論と貨幣学を講義する教師である。学生時代から秀才を見込まれて、小野家の婿養子となったもので、妻時子(ときこ)と姑の三人暮しであったが、この頃に、夫に死に別れて出戻った義妹の小夜子(さよこ)という二十三になる女がいる。小夜子は、今はなき養父の礼造(れいぞう)が小間使に生ませた子供で、生まれおちるとすぐに里子にだされ、やや長じて父の家に引取られた。高等女学校までは何事もなく通学させられたが、年頃になるにつれて、とかく家内に角(かど)がたちはじめた。父が癇癪(かんしゃく)を起こして寄宿舎へ入れると、それでは学費がかかりすぎるとまたもめて、結局一年足らずで退学させられてしまったが、その後、さるミッションスクールへあずけられたのが幸いして、ここで英語がいちじるしく上達した。自らも大変嬉しく思い必死に勉強していると、父の病死で、家政大改革の口実のもとに、かねて父の存命中にその身につけられた財産がありながら、その行方も曖昧なままに、むりやり退学させられた。のちにめとられてしばらく地方にいっていたが、不幸にも夫に死別して、今は邪魔にされながらも他に行く所のない出戻りの身の上である。

　哲也はそのような小夜子の身の上を、心から憐れむのであった。しかし、哲也がかばえばかばうほど、継母も妻の時子も彼女につらく当たった。それを見ながら、養子の身の上では、どうすることもできない自分をはがゆく思うばかりで、哲也には、彼女が一層いじらしく思えるのであった。

『其面影』の表紙

「鈴が気短かにチリン〳〵と鳴る。

　其音を聴付けて足早に玄関へ出て来たのは、木綿物の洗晒した袷に、是も仕立直し物らしい紡績絣の羽織を被た小夜子で、今年二十三といふけれど、小造りの一徳は丁度か一位に外見えぬ。成程口善悪ない葉村までが trés* charmante と評すだけあって、服装は見窄

* trés charmante 大変魅惑的。

らしいけれど面窶はしてゐれど、色は白く、稍面長の、切長の眼にも尋常な口元にも美の影は動いて、殊に其焦点とも見える眼が凝然と物を視る時には、其処に何とも言へぬ情趣が浮く。

と見るより持て居た洋燈を傍に置いて、友禅メリンスの袖口の柵らむ繊弱な手を突き、夜目には何とも知れぬ色のリボンを飄と靡かせて、衝と俯向く時、クッキリと白い襟元を後毛越しに微見せて、

『お帰り遊ばせ。』

妻の出迎せぬは平常の事とて、哲也は格別気に留めた様子もなく、小夜子には匆々に挨拶して、玄関へ上ると、左手が茶の間である。」

哲也が家に帰ったとき、出迎える小夜子を描写した一節である。派手ずきで、しかも勝気な妻時子との間に円満さを欠いた哲也は、その心の空虚をみたすものを、いつか小夜子の質素な姿や心のやさしさのなかに見出すようになっていた。

そこへ、友人の葉村が渋谷という実業家の家の、住込の家庭教師の職を小夜子のために持ってきた。物語は、ここから始まる。

小夜子に就職の話のあった先方の主人、渋谷は、小間使いにすぐ手をつけるということでとかく噂のある男であったので、哲也はその話に躊躇せざるをえなかった。一方葉村は、そういう危惧を知りながら割切っていて、家庭教師といえば世間体もよいことであるし、出戻りで肩身のせまい思いをしているより、むしろ妾になってもその方がよいと考えている様子で、しきりとすすめた。そして哲也がどうしたものかと思案に

くれている間に、葉村は時子親子にその話を持ち込んだ。哲也としても表立って反対の根拠もなく、結局小夜子は渋谷家へゆく仕議となった。

ところが案のじよう、小夜子は渋谷にいいよられて逃げ帰ってきた。家を出て五日目のことである。しかし継母も時子も、小夜子の一人合点といわぬばかりでとりあってはくれず、再び渋谷家へ帰そうとした。が今度ばかりは哲也もその意見をふりきって、だんこ小夜子を家にひきとめた。

しかし、母も時子も一たんはそれを承知したものの、あたかも哲也と小夜子の間に、特別な関係ができているかのように言いふらすのだった。

葉村は、渋谷がすっかり小夜子を気に入って、いずれ現在病気で寝ている妻が死んだら正妻にするといっているがどうか、と今度は妾になることをすすめた。哲也は、小夜子にいくら物質的満足がいくといって、精神的に殺してしまうようなことはさせられないといって断った。葉村は高笑いして、

「いけねえ、いけねえ、君は小夜子さんに恋(ラブ)してるからいけねえ。」

といって帰ったが、確かに哲也の心の中には、いわゆる恋(ラブ)がめばえかけていたのであった。哲也と小夜子の二人は、就職などの用件にことよせて、しのび逢うようになっていた。ただ用件を伝えあうだけの、ごくたあいないものであったが、二人には楽しみでないとはいえなかった。それが時子に知れると、小夜子が亭主を横取りしたといわんばかりの大騒ぎであった。もともと時子と哲也の間が思わしくないのも自分がいるせいである、と気に病んでいた小夜子は、千葉の勝見俊子(かつみとしこ)というミッションスクール時代の先輩のところへ

ゆく決心をする。

一度哲也に会えばまた心が鈍るからと、継母のすすめで、哲也が学校にいった留守に出発するが、未練の残る小夜子は、せめて声だけでも「さようなら。」をいいたいと両国駅から学校に電話する。

一度口をききあえば、そのまま別れられるはずはなかった。一汽車が二汽車となり、結局終列車もなくなり、二人は駅近くの旅館の一室で結ばれる。哲也はとりあえず神田淡路町の荒物屋の二階の一部屋を借り、小夜子をそこに住まわせた。その後哲也も家出してそこに住まうようになった。貧しいながら二人だけの生活は、娘時代にかえったように楽しかったが、クリスチャンである小夜子は、一面において、姉を欺き、義理ではあっても兄と結ばれたという罪の意識に悩まされた。彼女は千葉の勝見俊子に相談するが、勝見も、一日も早く別れるべきだという。二人の住家を時子に見つけ出され、ついに意を決した小夜子は、哲也のもとを去る。

哲也は、八方手を尽して小夜子を探したが、行方は知れなかった。時子のもとへ戻ったものの、小夜子の面影を忘れられない哲也は、もともとあまり飲む方ではなかったのに毎日酒びたり生活は荒れた。その後悶悶の情やるかたなく、哲也は東京を去り清国天津の学校へ赴任する。初めは月々きちんとされていた家への送金も、半年たつかたたぬかのうちにぷっつりと切れた。葉村が勤め先の会社の用事で、その地を訪れたとき、彼は放浪同然に身を持ち崩して飲酒に溺れている。そして帰京のすすめも聞かず、そのまま行方知らずとなる。後に、日露戦争の最中に哲也を認めた者がいるという噂も残った。小夜子は、病院船満州丸に乗り込んで看護婦になったともいわれ、時子は母と共に水戸へひっこんだまま消息がたえた。

「独り葉村ばかりは益々盛んで、近頃では何会社専務取締役だの、何会社相談役だのといふ肩書が四ッも五ッも出来て、麹町平河町の天神様の側で立派な門構の家に住つておる。相場で儲けたといふ事で、当人は四十迄には岐度馬車に乗つて見せると力むでゐるさうだ。兎に角えらい勢である。」

と、この作品は結ばれている。

『其面影』の誕生まで

『其面影』は、その題名の決定が難行しただけでなく、その内容も、これを書くと決まるまでかなり変遷した。

「自分は此頃新聞社の勤務からして、創作に取掛ったが、此の創作は、或は観察に依りては家庭問題に関連して居るかも知れぬ、最初は女学生を主人公にと娑婆ッ気を出して、種々と材料を集めて見たが思ふやうに行かず、其れで今度は日露戦役後の大現象である軍人遺族——未亡人を主人公にして、一ッ創作を遣つて見やうと思ふ」

『其面影』の朝日連載と同じ三十九年十月「女学世界」に載った『未亡人と人道問題』の一節である。作品が朝日に載ることを予想して語られたと思われる。実際には、この戦争未亡人を主人公にした作品は発表されなかった。かなりまぎわになって、『其面影』に変更されたと考えられる。

ところで、『其面影』の前身であるこの作品は、『茶筅髪』という題の小説で、十五回分までで中断された遺稿が、二葉亭の死後発見された。この『其面影』の前身である『茶筅髪』は、どういうプランであったか、彼はこの作品で未亡人の再婚問題という、日露戦争の残した人道問題――社会問題を追求したい考えであった。

「女主人公は、少佐位の未亡人で、男主人公は学殖ある紳士」「女主人公の未亡人と、此の大学教授の細君とは、学校朋輩で、殆ど姉妹同様の間柄、そして此の教授夫人は、基督教信者の、常に博愛事業などに奔走する立派な奥方である」「常に妹のやうに親しんでゐて軍人の妻君は、今度の戦争で、未亡人と為つたのであるから、教授夫人は例の気象とて殆ど自身の不幸のやうに悲しみ、良人にすゝめて、その未亡人の相談柱に為せたのが、間違」、二人の間に不正の恋愛が成り立つ。

教養もあり身分もある男が、ただ何でもなく女に近づくのは不自然である。近づくことをやむなくするところがこの作品のヤマで、二人の間は、むしろ世間体は至極平和に見えるけれども、この夫人の、キリスト教の「理想に勝っている丈け其れ丈け何処か愛情が欠けているので、男主人公の大学教授は、自分にも意識しないが、日頃何んだか不満足を覚えて居る」、といって夫人に欠点があるわけではない。ところがその矢先、丸ぽちゃのあどけない美人が妻を姉と重んじ、自分を兄と親しんで日々やってくるので、賢人顔をしている細君にくらべれば肩もはらず気もあい、ついに常道を失する。

いくら日頃キリスト精神を持っている夫人でも、こういう場合になれば並通りの女の煩悶におちる。「万幅の力を籠めて此場合に於ける令夫人の心理状態を描いて見ようと思う」

「要するに自分は姦通される此の令夫人より姦通に陥つた未亡人に、読者の同情を惹かうと考へた。」

『未亡人の人道問題』からの、彼のプランの要約であるが、彼の遺稿『茶筅髪』を見ると、その未亡人は畑雪江、教授夫妻が新庄博士、澄子となっている。そして人物配置を『其面影』と比べると、畑雪江と小夜子、新庄博士、澄子は、哲也、時子と対応する。また、「姦通される」夫人より、「姦通に陥った未亡人に、読者の同情を惹こうと考えた」意図も同じである。異なるのは、第一に、戦争未亡人の再婚問題という人道問題——社会問題が『其面影』では失われたこと。第二は、夫が姦通にはしる家庭不和の原因が、前者では妻があまりに賢夫人すぎて、愛情に欠けたため、後者では時子が派手好みで、ただ外面を飾り、真の愛情のない空虚さのため、となっている点である。不和の原因が、『其面影』では、いわば『浮雲』の主人公文三の悩み——社会的地位とか金銭だけで人間性を理解されないという悩みとなっている。つまり、『其面影』は、『茶筅髪』の日露戦争の残した未亡人の再婚問題という人道——社会問題がとれ、その中の未亡人の姦通を読者に同情されるように描こうという意図と、『浮雲』における明治の知識人の内面的空虚、という主題とが、結びついてできた作品である。

では何故『茶筅髪』が中断され、『其面影』にならざるをえなかったのか。

まず第一に、戦争未亡人の姦通に、どんな理由があったとしても、読者の同情はひきえないと考えたからであろう。二葉亭は、自身の死に際して妻に再婚するよう遺言しており、それが人道的にも最もしかるべき姿であると本心から考えていたのであろうが、それをすべての人に納得させることは、当時としてむずかしいことであった。

第二は、夫を姦通にはしらせる動機が、『茶筅髪』の場合薄弱であったためと考えられる。キリスト教にかたまりすぎ、愛情にかける、ということは、人間的に確かに欠点にはちがいないが、それが夫が他の女に走るのを全面的に肯定できる欠点とはいいがたい。むしろ、そういう夫人の方に同情が集まる可能性が大きいことを、二葉亭も感じざるをえなかった。『其面影』で小夜子をクリスチャンにしたのは、そのためと考えられる。

ともかく、彼は『茶筅髪』において、未亡人の再婚問題という人道――社会問題をとりあげ、「貞婦両夫に見えず」という在来の道徳主義を非」とし、「普通の事情位は刎ね退けて、再婚すべし」と主張しようとしたのであるが、その構成に難があり、中絶やむなく、その残骸と『浮雲』のテーマを急遽合体させることによって、『其面影』を作りあげたのである。非常にうまく一致したといえる面もあったが、また、よせあった故に、テーマの分裂する面もでた。それについて、この後詳しくふれたいと思う。

『其面影』の構成

『其面影』の人物構成は、『浮雲』のそれと非常によく似ている。詳しくいえば、『浮雲』のこの人物が、成長したらこうなるであろう、という人物が『其面影』に登場している。

主人公哲也は、いうまでもなく『浮雲』の文三の後身で、作者の分身であるが、文三に比べると、より批判的に描かれている。文三の場合には、前にもふれたように、その良心的な生き方を、社会に適応しないことを認めながらも消極的に肯定していた。しかし、『其面影』では、哲也は行動力に乏しく主体性のないだめな人物として、批判的かつ否定的である。この相違の背後には、いわば二十年間の二葉亭自身の歴史がかくされているのであって、『浮雲』において描いた文三は、若い二葉亭が、すでにうすうす感じた自分の性格の一面であったが、年月を経るにしたがい、そういう自分の性格がはっきりすると、彼はそれに嫌悪を感じたのであった。

「浮雲の文三、まだ御記憶に留まりあるや否やを知らず、あの文三が今の小生に候やはり自分の性質の或点を *develop して作り出した人物ゆゑ、似たとて不思議はなけれど、あれが自分かと思ふと、いやになつてしまひ申し候」

と、彼は北京にいる頃、坪内逍遙に宛てた書簡に書いている。

このように『浮雲』執筆当時は、自分自身にどちらかといえば同情的であったが、二十年の人生を経た現在それを否定せざるをえない心境に達し、『其面影』に見られる批判が生まれたのである。

『其面影』の葉村は、また『浮雲』の本田の後身である。やはりここにも哲也——文三のときと同様、二葉亭の心境の変化が投影して、『浮雲』の本田がいかにも敵役的であったのに比較すると、いわゆる事業家タイプとして肉づけされ、それなりに肯定されうる人物になっている。

* develop 発展させる。

哲也の養母瀧子は、お政の後身であり、妻時子は、お勢の後身である。新しい人物は、小夜子だけで、その小夜子は先に書いた『茶筅髪』が生みだした人物である。このように『其面影』は、『浮雲』に『茶筅髪』の未亡人をプラスした人物構成といえる。

また、『其面影』はこのように人物が複合されただけでなく、筋も二筋あった。一つは、哲也という明治の知識人の苦悩と末路を描くという『浮雲』以来の意図と、未亡人の恋愛を描くという意図との二筋である。その二筋は、哲也が人間性を理解されないという空虚さゆえに、必然的に求めた理想の女性像に小夜子をしたという点で、非常に効果的に結びつけられている。しかし、哲也が清国へわたるという結果のあたりにくると、その結合に破綻が認められる。作者の意識は、哲也という知識人の末路を描くという筋のほうにかたより、未亡人の恋愛を描くという筋と、はなれた方向に進んでしまっている。これは明らかな二筋の分離であり、そこまで二人の恋愛に焦点をあわせて読み進めてきた読者には、どこか期待はずれの印象を与えたことは否めない。しかし、そこにはまた二十年たった今でも『浮雲』いらいの、哲也のかかえている問題に対する二葉亭の非常な執着がうかがえるので、その強い内的必然性が、この作品を単なる通俗的恋愛小説から抜けでるものにしているともいえるのである。

『其面影』の主題

『其面影』の主題が、単に『浮雲』における知識人の問題の焼きなおしである、といって酷評する人もいる。また『浮雲』ほど問題が豊富ではない。しかし、この作品において、その知識人の問題は非常に深化、明確化されており、決して軽んぜられないものである。

哲也に対する時子の無理な金の欲求を、

「『四十円だけ殖やして戴きたいのですが、不好ませんでせうか？』と左程の事でもないやうに、軽くヒョイと言つて退けて、両頬を引込めて吸溜た煙草の烟を、フウと吹いて澄したものだ。(中略)

『それは、お気の毒だが、出来ません。私は学問の切売をしている学校教師です。三人の家族で下女二人使ふ身分ではない、が、まあ、身分は兎に角、使はせ度も使はせられないのです。現在の収入が精一杯のところです。』

『さうしますと』、と時子は佶と夫の方へ向直つて、『私は如何なるのです？何時迄も苦しまなきや成らないのでせうか？』

『さあ、夫は如何いふものか、私にも分らん。』『分らない？』と急に険しい目色になつて、

『さうで御座いますか。ぢや、私にや到底家の経済はお引受出来かねますから、今日限りお断り致します。只今残金は帳面と引合せてお引渡し致しますから』と身を起しかける。」

と書いたあとで、

「教師に為つて見ると、最初はかつ〳〵家計を維持するに足りた報酬が段々足りなくなる。因で止むを得ず掛持の学校を一校だけ持つて見た。持つて見ると、成程当座は少し楽になつたが、それもほんの僅の間

で、間もなく又不足を感じ出したから、止むを得ず又一つ掛持を殖やすと、結果は矢張同じ事で、殖やした当座が少し楽なばかり、三月と経たぬ中に又元の木阿弥となる。（中略）
其も好いとして、斯う生活に苦しむばかりでは、何一つ思ふ事が出来ぬ。前途は闇黒で、一点の光明も認められぬ。是といふも養家の贅沢な習慣の祟りで、浪費が多いからだと思ふと、どうやら母子の虚栄心を満足させる為に養子に雇はれて来てゐるやうな気がして不愉快でならぬから、折に触れては言い好いので不知妻に向つて不平を漏らすと、負けぬ気の時子が黙つて之を聞いてゐる筈がなく、直ぐ収入が少な過るのだと竹箆を返す。これが家庭不和の第一原因」

とあげ、一方、時子母子の側は、

「学校の成績は先づ優等の方であつたから、其なら好からうで莫大の金を掛けたのであるけれど、其優等生殿社会へ出て見ると、ねッから優等でない。」

と、同期の卒業生でしかも哲也よりも成績の悪かったものが、今は相当の地位についている、それが不満であった。

かつての文三とお政の対立が、哲也対時子母子の対立という形に発展したわけであるが、その対立の要因は、より明確化されているといえる。もちろん、その背後には、二葉亭自身も母の要求のために、哲也と同じ苦労を味わい続けてきたことを忘れることはできない。

哲也と葉村という対比についても同じことがいえるのであって、彼は、

「其会社の葉村幸三郎とて、先年其社の社長が欧米の視察に行つた時、随行して一巡して来た以来、明ても暮ても倫敦が巴里がと大に欧州通を振舞はす所から、影ではガイドと諢名せられる人。」と、葉村を紹介したあとで、次のような会話を入れている。

「『しかしだ』、と相手の言ふ事は能くも聴かず、『君も余程変挺来な男だな。其様な事に悧々しながら、其でゐて実業界で一花咲かす気か。へ、へ、それよか、悪い事は言はねえ、大人しく一生教師でお目出度なつた方が好からうぜ。』

『何故?』

『何故ツて、君は何だろう、余り見ともない事もせずに、体好く一つ成功して見ようツていふ気なんだらう?』

『必ずしも然ういふ考へではないが、併し親も兄弟も棄て了つて、自分独り成功しようとも思はんね。』

『だから、体好く成功しようと希望してるンぢやないか?成功もしたいが、人情も離れたくないと、其様な中途半端な……』」

これを、『浮雲』における本田の文三に対する忠告(参照一一四頁)と比較すると、哲也批判として、ずっと説得力を持っていることに気づくはずである。それは、作者が『浮雲』のときとくらべて、二人を公平に見ているためであり、その意味で、二人の人間像及び知識人の苦悩の問題が一層深化され、普遍化されたといえる。

のんだくれになって行方の知れなくなる哲也と社会的に出世する葉村、というこの作品の結末は、はっきり葉村を肯定し、哲也を否定している。いわばこの作品は、『浮雲』において提起した、現実に対してどう生きたらよいか、迷わざるをえない知識人の自信喪失という主題の結末を、そういう知識人の否定によってつけた作品であるといえる。

これは、二葉亭自身の否定でもあったが、このように自己に甘えず、結局無力な知識人を否定してしまったところに、二葉亭の自己批評家としての偉大さが認められる。しかし、そのために『其面影』が破綻をきたしたのも事実である。先にも述べたように、彼が哲也を否定し、破滅という形で幕を閉じたいという内的要求と、未亡人との恋愛とは一致しなかった。

小夜子という女性像

『其面影』の文学史的価値の一つは、いうまでもなくこれまでに述べてきたような、明治の知識人の問題が『浮雲』の時に比べて、非常に具体化されて盛り込まれている点であるが、それにもまして、特筆せねばならないことは、小夜子という女性像の、文学史上屈指の魅力である。

小夜子は、先にあらすじの引用文にも書かれていたように、「木綿物の洗晒した袷に、是も仕立直し物らしい紡績絣の羽織」という質素ななりで、しかもそこに美しさを持つ女である。哲也が、

「想の深い目に、凝然と洋燈の火先を視詰めて、

『妙な事を言ふやうだが、貴女が戻つて来て、毎日斯うしてお世話になるので、私は始て家庭の真味が分

つた。此家へ来て何年にも……』と言葉を切つて、『斯ういふ待遇を受けたことがない……』

というように、心をふれあうことのできる女である。

しかも、一面では、哲也が二人の仲を邪推されたことを気づかって、

「貴女に厭な想をさせるし……」

というのに対し、

「いいえ、其様に厭だとも……自分さへ正しくしてゐたら、周囲が如何様でも勤まらないことも有るまいと思ひますから。」

ときっぱり答え、また、最後には、自ら決意して哲也のもとを去ってゆく、というように、強い心をもった女でもある。それで駄目になってしまう哲也の弱さと、特に対比される。


それでいて彼女は、娘らしい無邪気さをも失わない。哲也と小夜子が、荒物屋の二階に、短いながらも愛の巣をもったとき、女学生時代に返ったような無邪気な姿が描かれている。いわば、心の中に処女性を失っていない女である。それを時子や『浮雲』のお勢とくらべると、すべての面で対象的であることに気づくはずである。

まず、時子は、着物とか指輪とか外面の虚飾をきそうことにばかり気を奪われている女である。そして、哲也をそのための道具ぐらいにしか考えていないので、いわゆる夫婦間の愛情などというものはひとかけらもない。誰々はこんな豪奢な生活をしている、というように心はいつも外にむいている。外面ばかり気にか

けているので、いわゆる人間としての素朴な喜びの感情は失われてしまっている。

また、お勢は浮動しやすい心の持主であった。一方小夜子の心は、何物にもまどわされない。二葉亭が、「人間の美くしい天真はお化粧をして綾羅に包まれている高等社会には決して現れない」と感じたのは、すでに二十代においてであったが、小夜子はいわばそれと相反する人物として、そういう彼の内面の苦悩が作りあげた理想の女性であった。

その美しさの背後には、その数倍の彼の苦悩がかくされており、それゆえ通りいっぺんでない、人の心に深く響く女性像となりえたのである。

ところで、この小夜子という理想の女性像と、夏目漱石がやはり理想像としてもらした「一ふでがきの朝顔」のような女とのイメージの類似におどろかざるをえない。

いわば、哲也によってあらわされたそういう二葉亭の悩みは、明治の知識人に共通の悩みであったのである。そしてそれは、一時代かぎりのものではない。小夜子が今だ我々の心をうつのは、そういう男の悩みが今なお、我々の中に存在するからである。おそらく、それは、未来永劫に、男の心の中に存在し続け、その限り小夜子は永遠に人々にとって、理想の女性となり続けるはずである。

「平　凡」

『平凡(へいぼん)』は、夏目漱石の『虞美人草(ぐびじんそう)』のあとを受けて、明治四十年十月三十日から同十二月三十一日まで「東京朝日新聞」に連載された。これは、二葉亭にとって第三作目でありまた最後の小説である。

あらすじ

この小説は、「私は今年三十九になる」という書き出しで、主人公の回想、告白の形をとっており、特定の筋といったものはない。

いくつかのエピソードの羅列(られつ)であるが、しいてそれを大別すれば、四つの部分に分けられると思う。その一は祖母と父母、二はポチの話、三は雪江への片恋、四はお糸との恋愛で、いずれもその「愛」について書いたものである。ここに、それぞれのエピソードのあらすじを書いてみよう。

〔祖母と父母〕

ここに描かれているのは、主人公の「私」が幼年時代にうけた祖母と父母の愛である。

主人公である「私」の家の祖母は、早くから夫に死別し後家(ごけ)をとおしていた。勝気で鋭敏で、口八丁手八丁、古屋（主人公の「私」の姓）の隠居といったら、近所でも評判であった。父がおとなしかったので、この祖母が家の実権をにぎり、家中の一から十まで祖母によってさばかれた。母などは下女のようにこき使われ、折々泣かされていた。そういうこわい祖母であったが、「私」にだけは不思議と甘かった。

例えば家にある菓子が厭で、一文菓子（駄菓子）が欲しいといいだして母にねだると許されない。祖母にねだる。初めは一寸渋るが「私」が首玉へかじりついて「よう〳〵」と二、三度甘声であまったれると、祖母はもう、なまこのようになって、

「お由（母の名）、彼様に言ふもんだから買つて来てお遣りよ」

という。母も不しょうぶしょう立って、雨降りでも番傘をさして出かけようとする。父がそれを見て、「何も雨の中を」と、「私」に小言をいう。「私」が泣く。すると祖母は、

「此様小さい者を其様に苛めて育てゝ、若しか俊坊の様な事

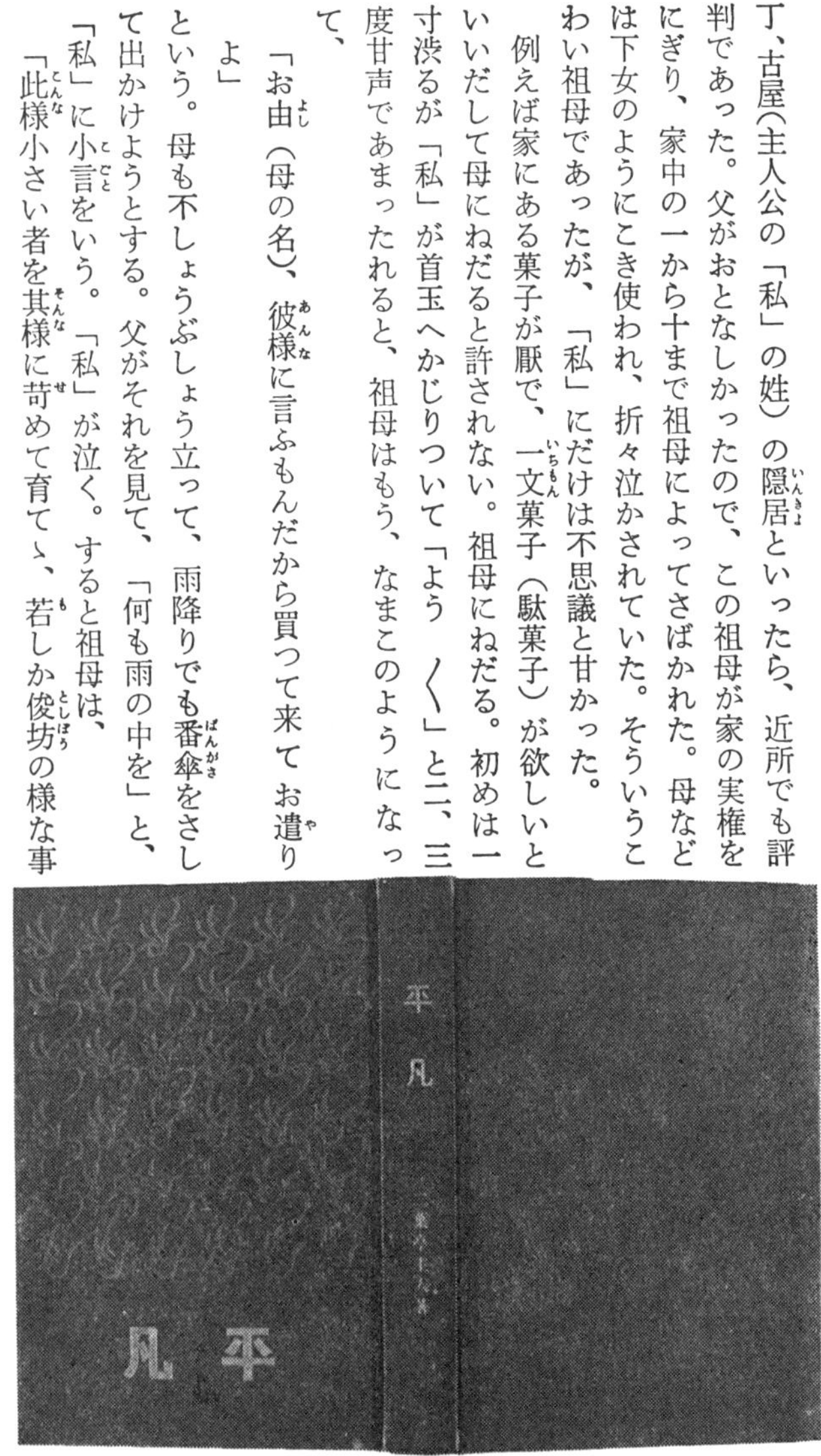

『平凡』の表紙

にでもなったら、如何おしだ？可愛さうぢやないか。」

というのが口切りで、ポツリポツリと祖母の口ぐせがはじまる。俊坊というのは「私」の兄で、「私」と同様虚弱で、六つの時に急性胃加答児で死んだ。

祖母と父の口論が激しくなる。祖母はこれ以上怒らせたら、三日も物をいわないあげく、ふいと家を出て親類へ行ったきり戻らない、という騒ぎも起りかねまじき剣幕である。父はだまってしまう。

二十分程のちに、「私」が両手に豆捩をもって、こおどりする様子を祖母が眺めて、満足するということになる。

したがって、「私」はこの祖母が家中でいちばん大好きであった。

そのくせ「私」は、祖母を小馬鹿にしていた。何となく奥底が見すかされるので、祖母が何をいってもこわくない。それをまた勝気の祖母が何とも思っていないばかりか、かえって馬鹿にされることを喜んでいる様子で、人がくるとその話をしては、憎い奴でございます、といってほくほくしているのである。また両親も同じく、散々私に悩まされながら、ただ、「お祖母さんにも困る」とこぼすだけで、「私」のことは何とも思っていない。こう書いた後で、「私」は次のように告白する。

「親馬鹿と一口に言ふけれど、親の馬鹿程有難い物はない。祖母は勿論、両親とても決して馬鹿ではなかつたが、その馬鹿でなかつた人達が、私の為には馬鹿になつて呉れた。勿体ないと言はずには居られない。（中略）

私は斯ういう価値の無い平凡な人間だ。それを二つとない宝のやうに、人に後指を差されて迄も愛して呉れたのは、生れて以来今日迄何万人となく出会つたけれど、其中で唯祖母と父母あるばかりだ。偉い人は之を動物的の愛だとか言つて擯斥されるけれど、平凡な私の身に取つては是程有難い事はない。若し私の親達に所謂教育があつたら、斯うはなかつたらう。」

その祖母も死んだ。そして父も母も死んだ。祖母の死に際しては、幼くて十分に死別の悲しみというものがわからなかったが、父母に死なれたときには、その悲しみも底をわった。今それ等の墓はこけをむしているが、その前に立つと、

「懐かしい人達が未だ達者でゐた頃の事が、夫から夫と止度なく想出されて、祖母が縁先に円くなつて日向ぼツこをしている格構、父が眼も鼻も一つにして大な嚏を為やうとする面相、母が襷掛で張物をしてゐる姿などが、顕然と目の前に浮ぶ。」

〔ポチの話〕

ここでは、ポチという犬と、「私」との交情が描かれている。

「私」にとって、ポチは犬は犬だが、犬以上であった。弟でもない。弟以上の存在で、しいていえば、ポチは「私」の第二の命であった。

祖母の亡くなった翌々年の、春雨のしとしと降るある夜中「私」は珍らしく目を覚ました。しばらく眠ら

れないでいると、遠くで犬の声が聞こえてきた。キャンといったり、クンといったりする。その声はだんだん近づいて門をはいった様子であった。「私」はついに我慢しきれなくなって、母にねだって母と玄関に出てみた。そこには全身雨にぬれ、生後一ヵ月とたたないむくむく肥(ふと)った、赤ちゃけた小犬がしっぽを切れんばかりにふっていた。それがポチとのであいである。

「私」は父母にその犬を飼ってくれとたのんだ。犬きらいの父も、「私」の情にひかされてしぶしぶ承知した。

ポチは育つにつれて、丸々と肥って可愛らしかったのがヒョロ長くなり、顔もちょっと狐のような犬になってしまった。

「父は始終厭(いや)な犬だ〳〵と言つて私を厭(いや)がらせたが、私はそんな犬振(いぬぶ)りで情を二三するやうな、そんな軽薄な心は聊(いささ)かも無い。固(もと)より玩弄物(なぐさみもの)にする気で飼つたのでないから、厭(いや)な犬だと言はれる程、尚可愛(なおかあ)ゆい。『ねえ阿母(おっか)さん此様(こん)な犬は何処(どこ)へ行つたつて可愛がられやしないやねえ。だから家で可愛がつて遣(や)るんだねえ。』」

「私」は母に同情を求めた。

犬好きは犬が知る。他の人には、お愛想(あいそ)にちょっとだけ尾(お)をふるポチが、「私」に対すると犬でなくなる。それとも「私」が人間でなくなるのか？とにかく、「互の熱情熱愛に、人畜(じんちく)の差別を撥無(はつむ)して、渾然(こんぜん)として一如(いちじょ)となる。」

朝学校にゆくまえにポチと遊ぶ。別れを惜しんで学校へゆき、放課後、とんで家に帰ると、門のところにポチが待っている。お八ツのセンベイも、二枚は自分がたべ、三枚はポチにやる。

ポチはめきめき大きくなった。しかし大きくなっても相変らず無邪気で人なつっこく、門の外を通る人が、ちょっと呼んでもすぐとんでゆく。同類の犬どうしではなおのことで、どんな犬にも好意的であった。よその犬が自分の食器に顔をつっこんでも、決して怒らない。それはよいとしても、自分がたべたくなって、そのそばへ行って一緒に首をつっこもうとする。先の犬は馳走になっている身分を忘れて、大いに怒って叱りつける。するとポチは驚いてとびのき、不思議そうに首をかしげて、そいつのガツガツ食うのを眺めている。

父はそれを馬鹿だというけれど、馬鹿げてみえるほど無邪気なところが「私」には可愛いい。

ところが、疑うことを知らぬその無邪気さゆえに、ポチは非業の死をとげることになる。

ある日のこと、その日の弁当のおかずは母の手製のでんぶで、「私」も好きだが、ポチも大好きなものであったので、我まんして半分以上残したのをもって、いさんで学校から帰ってきた。ところが、帰り道四十ばかりの土方風の男を指さして、道端の子供達が、

「犬殺しだい〳〵！」

といっている。不吉な予感に襲われた「私」が、かけ足で家へ帰って「ポチは！」と聞くと母がだまって答えない。無理に聞くと、炭屋から聞いた話だといって、次のように話した。

――ちょっと見ると土方のような奴がお宅の犬のところに寄ってゆく。背中に棒のようなものをかくしもっているので、はて、何をする人だろうと思っていると、人懐(な)つっこい犬だから、そいつの顔を見、何も知らずにしっぽをふっていましたよ。可愛そうに！　いきなり棒をとり直して、おや、と思うまにポンと鼻づらを打ちました。お宅の犬は一度おきまして、きりきりと二三辺まわって、パタリと倒れると、しっぽでバタバタと地面をたたいた。それがちょっとしっぽをふっているようで、そこをまたポカポカと三つ四つぶんなぐって……

「私」は最後まで聞いていることができなかった。奥へかけこんで泣いた。そしてポチが殺された当座「私」は食が細ってやせた。人間の顔が皆犬殺しに見えた。

〔雪江への片恋〕

法学を研究するために上京した「私」は、父の知りあいの小狐家へ、なかば書生のような形で住み込んだ。そこには雪江さんという「私」より一つ二つ年下の、おでこで円い鼻で、二重あごで、色白で決して美人ではないが愛嬌(あいきょう)のある女がいた。「私」は、その雪江さんに惚(ほ)れた。

午後、いつも「私」が学校へいった留守に雪江さんが帰ってくる。かけちがってあわないが、雪江さんは帰るとすぐにお琴の稽古にゆくので、「私」は学校が早く終わったとき、わざわざまわり道をしてそのお師匠さんの家をのぞいたこともあった。

夕方、ランプの掃除は下女の役だが、それに火をともして、各部屋に持ってゆくのは「私」の役目である。そのときだけは公然と雪江さんの部屋に入れる。私の楽しみの一つであった。

一番楽しみなのは日曜日である。それも天気だと来客があって、「私」が目のまわるほど忙しかったり、雪江さんが出掛けてしまったりするので、雨降りに限る。雪江さんは昼近くなってようやくおきてきて、居間でちょっと新聞を読む。それからしばらくは編物をして、今度は琴をひきはじめる。それもほんのしばらくで、台所の方から下女とキャッキャッとふざける声が聞こえる。「私」はそれをただぼんやり見ききしている。それだけで幸せであった。

ある日、「私」が学校から帰ると、伯父も伯母（「私」の父母はこう呼んでいた）もいない。女中の松と雪江さんだけであった。その夜、「私」の部屋におき忘れた雪江さんの座蒲団（ざぶとん）を持ってゆくと、

「遊んでらつしやいな。」

という。躊躇（ちゅうちょ）している「私」を雪江さんはじろじろみていたが、

「まあ貴方はこつちへ来てから、よつぽど大きくなつたのねえ。今ぢや私とはきつと一尺からちがつてよ。」

と、いいながらつい、とたち、つかつかと「私」の前へきてひたと向きあつた。前髪がふれそうだ。ぷんといいにおいが鼻をつく。「ね、ほら、一尺は違ふでしよ？」とあどけなく白い顔が下から見上げる。「私」はわなわなふるえだした。目が見えなくなった。抱（だ）きつくか逃げだすか、二つに一つだ。「私」はあとの方を

選んで一目散に逃げだした。

間もなく雪江さんのお婿さんが決まった。

「私」は何だか雪江さんに欺かれたような心持ちがして、口惜しくて耐らなかった。「私」は他家へ下宿をかわった。そのうちに伯父さんがさる地方の郡長に転じ、家族ともども東京を去った。「私」もついに雪江さんのことを忘れてしまった。これで終局だ。

〔お糸との恋愛〕

「私」は雪江さんに失恋した頃から文学にひかれはじめた。人情本から入って、ディッケンズだ、サッカレーだ、ゾラだ、ツルゲーネフだ、トルストイだと読み進んだ。

文学の毒にあてられた者は必ず、ついに自分も指を文学に染めねばならぬ。「私」たちがそうであった。まず友が下らぬ物を書いて「私」にひけらかした。すると私も負けぬ気をだして短篇を書いた。雪江さんを女主人公にでっちあげた空想である。うまく、あやふやな人生観や理想でごまかした。

その作品は、ある老大家のたすけをえて、雑誌に発表された。「私」はうぬぼれた。文学にうつつをぬかす間に、月謝が滞って学校を除籍された。復学すればすぐできたのであるが、「私」は、

「いつその事小説家になつてしまおう。政治家になつてあたら一生を物質文明にささげてしまうより、小説家になつて精神的文明に貢献した方が高尚だ」

などと、勝手なことを考えた。

しばらく文壇をうろうろしているうちに、当り作が一つでた。それからは、だまっていても雑誌社から原稿の依頼がくる。一人前の作家である。

「私」は、本当の大文豪になるために、人生の勉強がしたかった。とりわけ、男女の関係が知りたかった。馬鹿な！　そんなことをいって、つまり「私」は女房が欲しくなったのである。

「私」はついに望むところの若い女に出あった。それは「私」が、小石川のある高級下宿屋にいたときのことである。ある日、朝から出掛けて、昼すぎに帰ると、帳場に見慣れぬ女がいる。うしろ向きであったが銀杏返しで、黒ちりめんの羽織を着て、ペタリと座った姿がなんとなくよかった。が、「私」が神さんと物をいっている間、その女はふり向きもせず、だまってあちらを向いたまま煙草を吸っていた。

やがて夕飯どきに、その女が「私」の部屋に膳をはこんできた。細おもてで、淋しい顔立ちの好い女だと思った。年頃は二十五、六、名をお糸といった。その後も忙しいときには、下女を手伝って膳をはこんだり、部屋の掃除に、お糸さんはきてくれた。私はそれを心まちにするようになった。

お糸さんは歌もうまければ三味線もうまい。客あしらいもうまかった。ある日、「私」が用をたして出てくると、手洗いの水がない。それを見た彼女はさっそく台所から手桶をさげてきた。と、どこかの部屋で押したらしいベルがチリ、、、となった。お神さんが顔をだして、

「誰もいないのかい？十番さんでさっきから呼んでなさるじゃないか。」

「へい只今。」

お糸さんは下女並の返事をして、

「お三どん新参で大まごつき。」

と、「私」の顔をみてにっこりしながら、おどけた身ぶりで二階へ上ってゆく。「私」は感心した。お糸さんは芸術家だ、なかなか普通の人では、「お三どん新参で大まごつき」といって、にっこりなどできはしない。

「私」は何とか、この自覚せぬ芸術家に敬意を表したいと思い、お金で渡すのも失礼であり、下宿の神さんにたのんで、半襟を買ってきてもらった。お糸さんは、それを渡されたときはそっけなかったが、後でていねいに礼をいいに来た。床を敷いてくれた折、

「本当にさぞお不自由でございましょうねえ。どうぞ何なりとご遠慮なくお申しつけ下さいまし。こう申しちゃなんですけど、他のお客さまはずいぶんつけつけお小言をおつしやいますけど、一番さん（「私」のこと）はご遠慮深くて何にもおつしやらないから、ああいうお客さまはよけいきをつけてあげなきゃいけない。本当にお客さまが皆一番さんのようだと下宿もどんなに助かるか知れないつてね、しじゅう下でもうわさをしているんでございますよ。」

といった。私は、平常に似合わず単純にその言葉を信じて嬉しかった。

ところがそこへ女中がバタバタかけてきていきなり障子をあけて、

「八番さんで御用がすんだらお糸さんにいらつしやいつて。」

お糸さんは挨拶もそこそこに「私」の部屋をでていった。

「今お帰り？大変ごゆつくりでしたね。」

帰って来たのは隣の俗物らしく、聞きとれない声で何かいうと又お糸さんの声で、

「あら、本当？　本当に買つて来て下すつたの？まあ嬉しいこと！　だから、貴方(あなた)は実が有るッていふンだよ……」

敬意をあらわす人は、「私」ばかりではなかった。「私」は、いつか二番さんだの八番さんだの、番号づけの俗物共の競争圏にまきこまれた。半襟ばかりのききめでは三日ともたない。酒を飲ませたり、国の父母におくるなけなしの十円の半額の五円をだして、また敬意をあらわしたりした。そのうち母から送金の催促がきた。父が病気だという。「私」は大したことはないものと、たかをくくっていた。そして、お糸さんが芝居にゆきたいというのを聞くと、無理をして芝居に連れていった。その夜帰ると机の上に手紙が置いてある。国の母からのもので、父の病気は、はなはだよろしくない。すぐ帰れ、という知らせであった。「私」は、その夜お糸さんと関係を結んだ。親が大病なのに……そういう考えがちらりと浮かんだが、「私」は肉の衝動に勝てなかった。翌朝早く立つ予定であったが、お糸とこうなると、身のふり方も考えてやらねばならず、そうもできなかった。朝早くから金策にかけまわって、昼頃下宿に帰ると、「父危篤(きとく)」の電報がきていた。あわてて金ぐりをして東京を立った。国へ着いたのは、その夜の八時頃、父の死目にあうことはでき

なかった。

後でだんだん聞いてみると、父はほとんどろくに療養もせずに死んだのであった。全く「私」の不心得のなせることで、まだ三年や四年は生きのびられるところを、むざむざ殺してしまったように思えてならなかった。「私」は、深く不幸を悔いた。そして、せめて母だけはもう苦労をかけまいと、母を連れて上京し、東京で一戸を成した。心機一転して、もうそのような女と関係している気もなくなり、金で手を切った。そのとき女の素性（すじょう）を初めて知ったのであるが、日頃当人のいっていたことはすべてでたらめであった。

『平凡』の誕生まで　明治四十年一月一日、二日の日記に、

一月一日

（一）（二）

腰弁当　妻子　年齢三十九

希望　小金を溜める、倅（せがれ）の中学卒業迄勤続していた。

（三）　生立ち（祖母と父母との関係）

出生地　東京ヨリ遠からぬ某県某市

祖母

十の時に死別れた祖母、家の姓は古屋（フルヤ）　母方の伯父（村長）

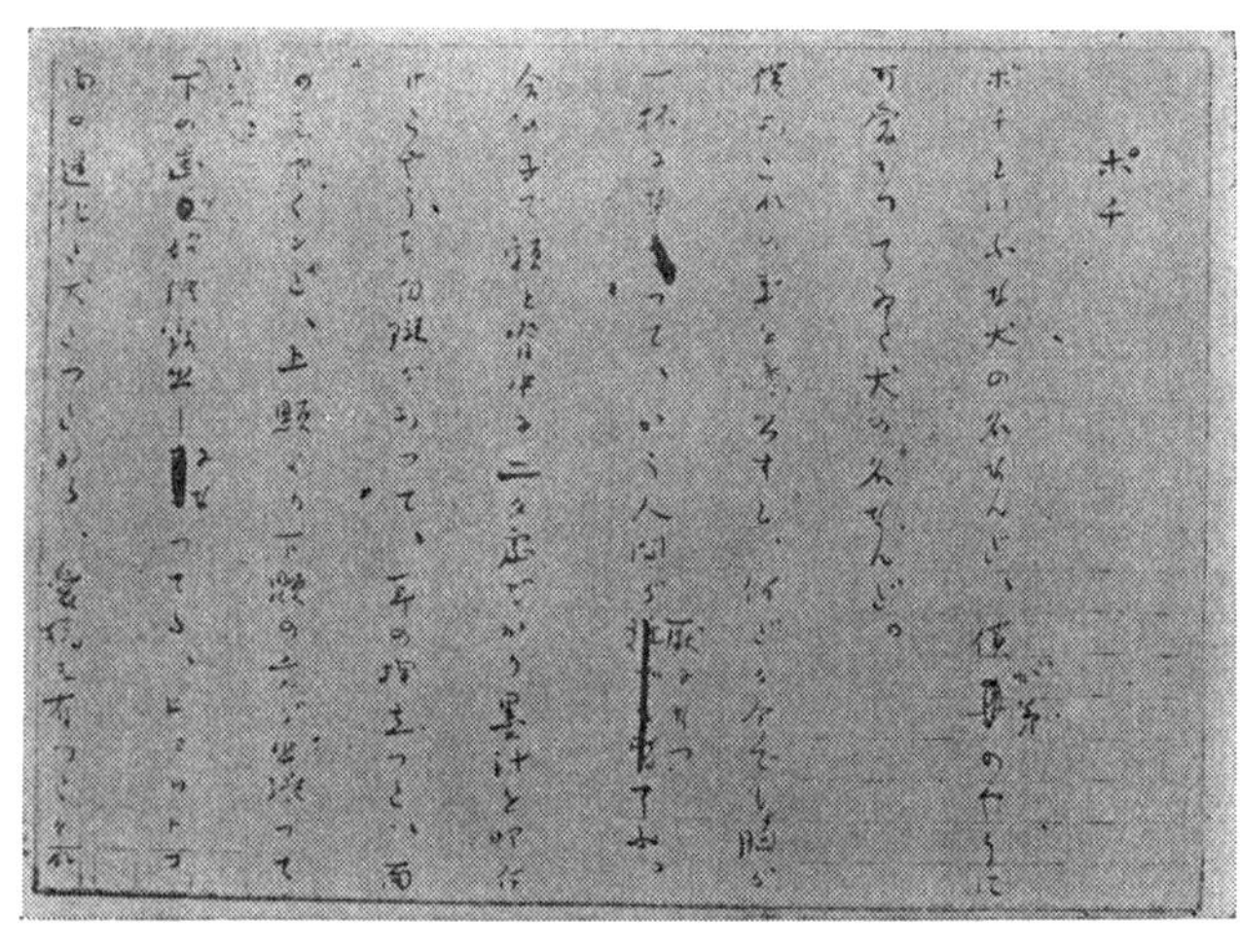

『平凡』草稿の一部

一月二日
（四）　祖母の愛
兄　俊坊　六歳の時急性胃加答児で死去

と書かれており、このときすでに『平凡』のプランができ上っていたと想像される。『平凡』において、祖母及び父母の愛について語った部分は、このプランのとおりである。ただ異なるのは、最初のこのプランでは、主人公が平凡な、ただ小金をためることを希望としているサラリーマン（腰弁当）となっているが、実際の作品では小説家に変っている点である。

　この『平凡』の骨格となるプランの他に、彼は、「犬」の話を書くという構想をずっと以前からもっていた。彼の遺稿の中から『ポチ』、『初恋』などと題される断章が発見されている。犬の話に『初恋』とは意外な題名であるが、十二歳になる清ちゃんと飼犬「ポチ」との「初恋」にも似た交情を描こうとしたものである。

　これには二葉亭自身の体験がかくされていた。少年時代ではなかったが、ちょうど彼が『浮雲』の筆を折って、放浪生活をしている時代に、捨犬をひろって飼っていた。ところがある日突然その犬がいなくなった。犬殺しにでも連れてゆかれたのであろう。彼は、「まあ云って見れば莫迦々々しい話さ。三十歳の鬚面を抱へた男がぼろぼろと涙を墜して捜して歩く。」（「『平凡』物語」）と、そのときのことを書いているが、その事件は、彼には最も印象深くあったので、以来「一生の中に機会があつたら、一度は書いて見ようと思つてだ」のである。出版関係の西本翠蔭などにも、犬のことだけで一冊書いてみたい、とたびたび話していた。西本に話しただけでも相当長い物語であったといわれている。

　二葉亭が『平凡』を書く準備期間中の明治四十年七月、急病にかかり、ほぼ二ヵ月余り病床に伏し、その後も健康がすぐれず、できれば創作を楽な翻訳にかえてもらいたいむね、朝日に申し入れたことは第一編でふれた。それは許可されなかった。締め切は迫る。構想はまとまらない。切羽詰って、当初のプランに、以前からあたためていた「ポチ」のプランを苦しまぎれに編込んだと思われる。

　二葉亭は、『平凡』執筆の後に、

　「どうも取っときの種をダイナシにしてしまった、惜しい事をした。」

とこぼしたといわれている。

　ところで、急に『平凡』の主人公を文学者とし、主人公と作者とを同一人物と思わせるような「私」という一人称、告白形式で、それらを総括するという構成をとったことは、この二ヵ月ほど前に発表された田山花袋の『蒲団』に影響されたためと思われる。彼は、『平凡』の、これから回想に入ろうという部分で、次のように書いている。

「近頃は自然主義とか云つて、何でも作者の経験した愚にも附かぬ事を聯かも技巧を加へずに、有の儘に、だらだらと、牛の涎のやうに書くのが流行るさうだ。好い事が流行る。私も矢張り其で行く。」

けれどもこの作品は、単に『蒲団』の真似ではなく、むしろそれを批判する意図を持つパロディであることはこの引用文からも察せられるが、主人公の設定を変えると共に、内容には、初期のプランにおける平凡な一市民の回顧である他に、文学者の懺悔による文学批判が加えられた。そして、彼としては、トルストイの『クロイツェル・ソナタ』*のような作品にしたいはらであった。

『平凡』の意図したもの　『私は懐疑派だ』と題する文章の中で、二葉亭は次のように書いている。

「『其面影』の時には生人形を拵へるといふのが自分で付けた註文で、もとく人間を活かさうといふのだから、自然、性格に重きを置いたんだが、今度の『平凡』と来ちや、人間そのものと性格なんざ眼中に無いんさ。丸ツきり無い訳ではないが、性格はまア第二義に落ちて、それ以外に睨んでゐたものがある。一言すれば、それは色々の人が人生に対する態度だな……人間そのものではなくて、人間

*トルストイ晩年の告白形式の小説。主人公は音楽家となっており、そこには、医者、音楽家、児童に対する批判がもられている。

が人生に対する態度……といふと何だか言葉を弄するやうな嫌ひがあるが、つまり具体的の一箇の人ぢゃなくて、ある一種の人が人生に対する態度だ、而してその一種の人とは即ち文学者……必ずしも今の文学者ばかりぢやなく、凡そ人間在つて以来の文学者といふ意味も幾らか含ませたつもりだ。」

『平凡』において、彼の書こうとしたその文学者の態度は、人生に対する態度、文学に対する態度、学問とか教養というものに対する態度の三つに分けられると思う。そして、そのいずれからも、二葉亭の晩年の思想を知ることができる。

愛

「愛は総ての存在を一にす」

「愛に住すれば人生に意義あり、愛を離るれば、人生は無意義なり」

『平凡』の「ポチの話」と「雪江への片恋」の間にはさまれたアフオリズム（箴言）の抜粋である。これがおそらく二葉亭の人生に対する根本の態度であり、またこの小説の主題であったと思われる。彼は、祖母や父母の愛、犬への愛、雪江への片恋、お糸との恋愛をこの小説で書いている。その中で、どんな我ままをも許し、無条件で「私」を愛してくれたのは祖母と父母であり、「私」が何の代償も期待せずに純粋な気持ちで愛せたのは、「ポチ」であった。後の二人の女性との恋では、求めようとしながら、そのどちらをも見出せなかった。

愛こそすべてのものに優先する。愛を離れれば人生は無意義である。これは、二葉亭の根本的な人生への態度であったわけであるが、それはまた、彼をとく重要な鍵でもある。

二葉亭が、母の派手好みに悩まされたことは生涯編でふれたとおりである。それほどまでに苦しめられながら、彼はなぜ母を捨てなかったのか。おそらく彼自身、『平凡』の主人公が「親馬鹿と一口に言うけれど、親の馬鹿程有難い物はない。」「私は斯ういう価値の無い平凡な人間だ。それを二つとない宝のように、人に後指を差されて迄も愛して呉れたのは、生れて以来今日迄何万人となく出会つたけれど、其中で唯祖母と父母あるばかりだ。」と感じたと同じ感想をもち、その父母の愛を、忘れることのできない大切なものと感じたためであろう。

そして、また、彼の現実と相入れない孤独さも、彼のそういう、愛を人生の至上として求める強い心情ゆえではなかったか。『其面影』の中で、哲也と葉村は次のような会話をとりかわした。

「『君も余程変挺来な男だな。其様な事に惘々しながら、其でゐて実業界で一花咲かす気か。へ、へ、それよか。悪い事は言はねえ、大人しく一生教師でお目出度なつた方が好からうぜ。』

『何故?』

『何故ッて、君は何だらう、余り見ともない事もせずに、体好く一つ成功して見ようッていふ気なんだらう?』

『必ずしも然ういふ考へではないが、併し親も兄弟も棄て了つて、自分独り成功しようと思はんね。』

『だから、体好く成功しようと希望してるンぢやないか?、成功もしたいが、人情も離れたくないと、其様な中途半端な……』」

二葉亭自身は、自分が実業家になれないのは、文学などにかぶれたため、と感じたが、せんじつめればその原因も、彼のこの「愛」を根本とする態度ではなかったか。実業は、愛とか人情とかいうものを禁物とする世界である。それにとらわれたならば、必ず失敗する。したがって、最初から彼には相容れない世界であったのである。

しかし、反面において、彼のその「愛」を至上とする心は、彼の文学を支えるヒューマニティの源泉となっている。

彼がどんなに現実を批判的に描こうとも、その根本において、人類の未来にいだく夢を失わないのはそのためである。そしてそれが、我々を彼の文学にひきつける大きな要因であることはいうまでもない。

「夢のやうな一生だつた。私は元来実感の人で、始終実感で心を苛めてゐないと空疎になる男だ。実感で試験をさせんと自分の性質すら能く分らぬ男だ。それだのに早くから文学に陥つて始終空想の中に漬つてゐたから、人間がふやけて、秩序がなくなつて、真面目になれなかつたのだ。今稍真面目になれ得たと思ふのは、全く父の死んだ時に経験した痛切な実感のお庇で、即ち亡父の賜だと思ふ。」

これは、『平凡』の結末に近い一筋であるが、文学は所詮道をあやまらせるだけの存在である、という文学否定が彼の文学に対する態度である。「私」が文学などに関心を持ったのは、

「文学なら人聴も好い。これなら左程銭も入らぬ。私は文学を女の代りにして、文学を以て堕落を潤色し

てゐたのだ。」

「私」が小説などを書き出すようなことになったのも、表面では思想だとか、理想だとかいいながら、「私の身では思想の皮一枚剝れば、下は文心即ち淫心だ」、と書いている。

しかし、彼が「私は元来実感の人(実行の人)」ということと、「愛に住すれば人生に意義あり、愛を離るれば人生は無意義なり」という態度とは、先に述べたように矛盾するのである。この矛盾は、二葉亭の中に存在する最大の矛盾であったと思われる。彼の資質は、彼自身気づかないだけで、実際は、誰の目にも歴然と文学に向いていたのである。

学問批判　祖母と父母から幼時に受けた愛について書いたあとで、彼は、「若し私の親達に所謂教育があつたら、斯うはなかつたらう。(中略)皆無教育な親達のお蔭だ。有難い事だと思ふ。真に有難い事だと思ふ。」と書いている。学問教育に否定的な態度である。『平凡』になる前の草稿には、それがもっと如実に認められ、

「今から考へて見ると、私の教育は無意味であつた(中略)得る処は何かといえば何もない。強いて数へれば、少しばかり字を覚えたのと、少しばかり英語をかじつたのと、少しばかり文章を書き習つただけで、それも皆満足に出来ないから直ぐ役に立たない。

得る所はそればかりだが、失ふ所は非常に多い。私は無邪気といふ宝を失つて了つた。」と書かれている。そしてその他でも、様々な欠点が増長した。一つは、何もできないくせに、学校を出ていない人間を軽蔑する生意気。一つは、何でも暗誦式に丸呑してしまう癖。学課以外にもついその癖がでて、一事一物に心をひそめてその意味を探るということができなくなってしまった。と具体的に欠点をあげている。

こうした二葉亭の学問批判は、自己批判であると共に、当時、また現在もなお存在する社会の歪みを、適確に突いている。

『平凡』の文学史的価値

『平凡』については、二葉亭自身、「『平凡』かね。いや失敗して了つたよ。あれは元来サタイヤ*をやる心算ぢやなかつたのだ。処がどうも僕等には、いや如彼いふ題材であつたからだらう、どうしてもサタイヤになつて了ふ。本来堂々と正面から理窟をやるつもりだつたのが、いざ書いて見るとどうも冷嘲す様な調子になる。で、真面目にならう真面目にならうと頻りに骨を折つたがどうしてもいけない。つひ終ひまで戯嘲通して了つた。その意味に於て全く失敗さ。」(「『平凡』物語」)と、失敗作であることを認めている。けれども失敗作でありながらも、我が国では珍らしい思想小説である

* Satire　風刺

点に、第一の価値がある。

第二の価値は、そのユーモアである。彼のユーモアの特色は、特にペーソスの色濃い点で、それは、彼自身現実と適合しない無器用さを、無意識のうちにさらけだしているためであろう。

翻訳および文学論
——ロシア文学紹介——

翻訳

二葉亭四迷の文学的生涯の中で、翻訳の仕事のしめる位置は大きい。彼は小説こそ三作しか書かなかったが、翻訳はかなり長い期間続けられていたので、数の上からみて、小説の数倍にのぼる。しかもこれらは後世への影響力の点でも、また質の点でも、小説に優(まさ)るとも劣らない。批評家の中には、正宗白鳥のように、作家としての二葉亭よりも、翻訳家としての二葉亭の功績の方を認める人もいる。

主な翻訳には、ツルゲーネフ*の『あひびき』（明治二十一年七、八月）、『めぐりあひ』（明治二十一年十月——二十二年一月）、『片恋』（明治二十九年十月）、『浮き草』（明治三十年四月——十月）、ゴーゴリ**の『狂人日記』（明治四十年三月——五月）等がある。

とりわけ、彼が『浮雲』と前後して「国民之友」「都の花」に発表した『あひびき』と『めぐりあひ』の翻訳は、我が国翻訳史上画期的なものであった。当時の翻訳は、次第に原文を重んずる方向に進んではいたものの、外国小説の描写や会話を、我が国の戯作(げさく)や伝奇物語風(ふう)に書きうつすだけであった。

ところが、『あひびき』は、そういう従来の翻訳通念を打ち破った。ただ、今までのように日本の文章にか

*ツルゲーネフ（一八一八—八三）ロシアの作家。代表作「父と子」
**ゴーゴリ（一八〇九—五二）ロシアの作家。代表作「死せる魂」「鼻」

ツルゲーネフ

えればよい、というだけでなく、文章の形をできる限りロシア語の原文に近づけ、さらに原文の持つリズムまでとり入れるというものであった。

「秋九月中旬といふころ、一日自分がさる樺の林の中に座してゐたことが有ッた。今朝から小雨が降りそゝぎ、その晴れ間にはおり〱生ま煖かな日かげも射して、まことに気まぐれな空ら合ひ。あわ〱しい白ら雲が空ら一面に棚くかと思ふと、フトまたあちこち瞬く間雲切れがして、無理に押しわけたやうな雲間から澄みて怜悧し気に見える人の眼の如くに朗らかに晴れた蒼空がのぞかれた。」

これは、『あひびき』の冒頭の一筋である。彼は、当然翻訳にも言文一致の文体を用いたわけであるが、この文体が『浮雲』より一層現代口語文に近いことに気づくはずである。それは彼が、欧文のリズムをとり入れたからにほかならない。

『我が翻訳の基準』と題する文章の中で、彼がそのためにはらった苦心について、ほぼ次のように記している。

原文の調子をうつすために、まずコンマ、ピリオドの一つもみだりにはすてず、原文にコンマ三つ、ピリオドが一つあれば、訳文にもコンマ三つピリオド一つという風にした。ことに初めは、語数も原文と同じにし、形をなるたけ崩さないようにした。

さらに苦心をはらったのは、原文中の、作者個々によって異なる「詩想」である。ツルゲーネフを例にとれば、彼の詩想は、「秋や冬の相ではない。春の相である。春も初春でもなければ中春でもない、晩春の相である。丁度桜花が爛漫と咲き乱れて、稍々散り初めようといふ所だ。遠く霞んだ中空に、美しくおぼろくとした春の月が照つている晩を、両側に桜の植ゑられた細い路を辿るような趣がある。約言すれば、艶麗の中にどこか寂しい所のあるのが、ツルゲーネフの詩想である。」

まずその根本たる詩想をのみこんで、しかる後に詩形を崩さずに翻訳せねばならない。

二葉亭が苦心をはらってだそうとしたこの詩想は、これまでの日本人の美とは全く異なる美であった。そこにとりわけ表現上のむずかしさがあった。しかし、そういう彼の努力のおかげで、次代の文壇を担う幾人かの青年を、その新しい美に目覚めさせることになるのである。

『あひびき』の影響

『あひびき』に初めて接したときの感動を蒲原有明は、「さて読み了つてみると、抑も何を書いてあつたのだか、当時のウブな少年の頭には人生の機微が唯漠然と映るのみで、作物の目的や趣旨に就ては一向に要領を得ない。だが、それにも拘らず、外

島崎藤村

景を描いたあたりはイリユウジオンが如何にも明瞭に浮ぶ。秋の末の気紛れな空合や、林を透す日光や、折々降りかゝる時雨や、それがすべて昨日歩いて来た郊外の景色のやうに思はれる。その中で男の傲慢な無情な荒々しい声と、女の甘へるやうな頼りない声が聞える。謎だ、謎を聞いて解き難いのに却て一層の興味が加つて来るのか、兎に角私が覚えた此の一篇の刺激は全身的で、音楽的で、また当時にあつては無類のものであつた。それで幾度も繰返して読んだ。二葉亭氏の著作の中で此一篇位耽読したものは外にない。当時の少年の柔かい筋肉に、感覚に染み込んだ最初のインプレッシオンは到底忘れることは出来ない」(『あひびき』に就て」)

また田山花袋は、

「あの細かい天然の描写、私等は解らずなりにもかうした新しい文章があるかと思うて胸を躍らした。『あゝ秋だ!誰だか向うを通ると見えて、空車の音が虚空にひゞき渡つた……』その一節が、故郷の田舎の楢林の多い野に、或は東京近郊の榛の木の並んだ丘の上に、幾度思ひ出されたことか知れなかつた。明治文壇に於ける天然の新しい見方は、実にこの『あひびき』の翻訳に負ふところが多いと思ふ。」(『二葉亭四迷君』）

島崎藤村は、

「『あひびき』や『めぐりあひ』の訳が「国民之友」に出た頃、私は白金の学校に居た。二葉亭氏といふ人は其時代から私の胸に刻みつけられた。私ばかりではない。私の友達は皆な左様だつた。柳田国男君がまだ若かつた頃、私は君と、一緒にある雑木林の中で夕方を送つたことがある。『あゝ、秋だ――』と其時柳田君は『あひびき』の中を私に暗誦して聞かせた。あの一節は私もよく暗記したものだ。」（『長谷川二葉亭氏を悼む』）

国木田独歩

と語っている。そしてまた、国木田独歩は、特にその末節の叙景を非常に喜んで、友人に、

「これによつて自然を観る眼が開けた」

とさえ語ったといわれている。

『あひびき』はツルゲーネフの『猟人日記』の一節で、一人の少女が男にすてられるのを、猟人が目撃するというものであるが、とりわけ青年達に影響を与えたのは、これらの人達の言葉からもわかるように、何よりもその自然描写の新しさであった。根本的にいえば、自然を観る

まったく新しい眼の存在を教えられたのであった。

これまで我が国で自然といえば、花鳥風月であって、山林の美を細かに描写するといったようなことはなかった。林を渡る時雨（しぐれ）の音に耳を傾け、森林を遠望して、その幽玄な趣（おもむき）をたたえても、森の小径（こみち）の逍遙や、木洩れ陽（こもれび）の濃淡陰影を興ずることはなかった。まして、光と空気の微動をとらえ、刻々にうつる自然の景観を鮮かにとらえた描写は、殆（ほとん）どなかった。

したがって『あひびき』のその自然描写は、まったく異質の美として、青年達を驚かせ、同時に彼等の眼を、身近な東京郊外の武蔵野や故郷の山林に見開かせたのである。

それが独歩の『武蔵野』や藤村の『千曲川のスケッチ』などを生む一要因となったことはいうまでもない。独歩は『武蔵野』の中で『あひびき』をしばしば引用しながら、その自然と、武蔵野の自然を対比させ、例えば次のように書いている。

「時雨（しぐれ）が私語く。凩（こがらし）が叫ぶ。一陣の風小高い丘を襲へば、幾千万の木の葉高く大空に舞ふて、小鳥の群かの如く遠く飛び去る。木の葉落ち尽せば、数千里の方域に亘る林が一時に裸体（はだか）になつて、蒼（あお）ずんだ冬の空が高く此上に垂れ、武蔵野一面が一種の沈静に入る。空気が一段澄みわたる。遠い物音が鮮かに聞へる。自分は十月二十六日の記に、林の奥に座して四顧し、傾聴し、睇視し、黙想すと書いた。『あひびき』にも、自分は座して、四顧して、そして耳を傾けたとある。此耳を傾けて聞くといふことがどんなに秋の末から冬へかけての、今の武蔵野の心に適（かな）つてゐるだらう。秋ならば林のうちより起る音、冬ならば林の彼（かな）

方遠く響く音。」

彼等は、その新しい自然の美を積極的に自分にとりいれ、新文学の糧としていったのである。

文学論

二葉亭の文学論には、明治十九年四月十日、早稲田大学の前身である東京専門学校の機関誌「中央学術雑誌」に発表された『小説総論』と、同五月十日と六月二十五日に同誌に発表された『カートコフ氏美術俗解』、ずっと後になって、明治三十八年十二月二十五日、東京朝日新聞に載った『かぐや姫』評」が主だったものである。

『小説総論』は、明治十八年にでた、坪内逍遙の『小説神髄』を訂正する意図をもって書かれたものである。彼の文学論は、逍遙にさえ、「全く別種の文学論」とひびくほど、新しいものであった。どういう点が新しかったのか。ここで彼の文学論全体について少しふれたいと思う。

彼の文学論の骨子となったのは、いうまでもなく十九世紀のロシア文学、とりわけベリンスキーの芸術論や、ツルゲーネフ、トルストイ、ゴーゴリなどの小説である。彼はその知識を、外国語学校でロシア語を学ぶうちにえた。しかしその知識は、ただ外からの借りものではなく、彼自身それ等を総合して、自らのものとしたのである。

「凡そ形(フオーム)あれば玆に意(アイデア)あり」

『小説総論』の書き出しである。現実を分析して、そこには必ず形とその意(真理)がある、というので

ベリンスキー

ある。この意が大切なのであって、人は様々の現象(形)の中に、その真理をとらえようという欲求を持っている。そして、その真理をとらえる方法には二通あり、一つは知識によってとらえる学問、一つは感情によってとらえる芸術である。それを二葉亭は、「美術は感情を以って意を穿鑿するものなり」と書いている。

芸術とは何か、という問題を、このように根本から解明(逍遙の『小説神髄』ではなされていない)した上で、写実小説論(『小説神髄』と共通)を展開してゆく。

「小説は浮世に形はれし種々雑多の現象(形)の中にて其自然の情態(意)を直接に感得するものなれば、其感得を人に伝へんにも直接ならでは叶はず。直接ならんことには、模写ならでは叶はず。されば模写は小説の真面目なること明白なり。」

しかし、同じ写実論でありながらも、逍遙と異なるのは、二葉亭が根本において、自然の『意』をあらわすことをもってはっきり芸術の目的としている点である。したがって彼の論旨は、模写といえることは実相をかりて虚相を写し出す、ということになり、単に、事実を描写するだけではなく、「脚色の模様によりて偶然の形の中に明白に自然の意を写」すものでなければならない、となる。

大もとである『小説神髄』が、その意（真理）をうつすという描写の根本を忘れたために、後に、我が国の自然主義が描写、描写と騒いで、事実の羅列に終始するといった片輪な道を歩んだことは、誰しも認めるところである。その意味で、彼のこの文学論は非常に斬新であった。

その他、彼の文学論の極だった点は、逍遙と同様、勧善懲悪小説のような、単なる教訓のための道具であることを否定し、一つの芸術としての独立した価値を主張しながら、一面において、それが社会に貢献すべき重大な問題を持っているべきである、とするところである。

彼は、『カートコフ氏美術俗解』の中で、

『美術は美術の為に存するものなり』といへる断定は、或は実際に於て都合よき意味を含めるなるべし。然れども我輩は、美術の現象に本来の目的を付与するといへるほど大切なる夫の美学の法則には斯る意味を付会すべからず。此有名なる『美術は美術の為に存するものなり』といへる断定中に在つて、人をして不快を感ぜしむるものは、宛も美術家たる者は、唯仕上げの華美なることを以て其目的と為すべきといへるが如き節あればなり。若果して之れあらば、我輩は安心して大喝するを得べし、曰く、イーェ美術は何かモソット重大なる目的を有するはずなり。」

と書いている。

幾度か引用したが、根本における彼の、

「一枝の筆を執りて国民の気質風俗志向を写し、国家の大勢を描き、または人間の生況を形容して学者も道徳家も眼のとどかぬ所に於て真理を採り出し以て自ら安心を求め、かねて衆人の世渡の助」となすべきであるという、社会的視野をもっていた点である。これは、後に我が国文学史から失われがちであった点で貴重な考えである。

しかし、二葉亭の欠点は、これほどしっかりした文学論を持ちながら、それを世間にひろめられなかったことである。『小説総論』にしても、逍遙の『当世書生気質（かたぎ）』を批評するための序論として、いわば文学論の大意を述べたもので、逍遙のような、積極的に自分の論を天下に問う、という意志はなかった。

逍遙の『小説神髄』がでたからそれを批判する、という非常に消極的なもので内容も短い。

むすび

これで一応、二葉亭の生涯と作品についてふれた。

幼くして、国家の大事に役立ちたいという気持ちを持ち軍人を志願した。が三度（たび）近視のために不合格となり、やむなくそれにかわる道として外国語学校のロシア語科を選んだ。ロシア外交を、将来の日本の大事と考え、そこに働くつもりであった。ところが、我が国にまだ近代文学が芽ばえぬ非常に早い時期に、外国語学校でロシア語を学ぶことによって偶然外国文学に接し、またその中退という思わぬ出来事によって、二葉亭は文壇に足をふみ入れた。

そして、当時の我が国の文壇の水準からみれば未曾有に新しい小説『浮雲』を発表した。しかし、その時期があまりにも早すぎ、当時の読者にその良さを理解されなかったこと、また、彼の家庭の事情が、気楽に金にならない文学三昧に耽ることを許さなかったことなどのために、惜しむべき才能を持ちながらも文学と訣別せざるをえなかった。

それ以後、彼はむしろ文学を嫌悪し、実業界、政界に進出しようとしたのであったが、彼の資質は、その実業や政治というものに、あまりむいているとはいいがたかった。彼はいつもそれに失敗し、今度（こんど）は逆に文学が彼の生活を支えることとなった。彼は厭いながらも翻訳の筆をとり、ついには創作の筆をとった。そして生まれたのが、ツルゲーネフやゴーゴリの翻訳と、『其面影』『平凡』という二つの小説である。皮肉にもその功績が新聞社に認められ、彼はやっと念願の政治記者として、ロシアへ渡った。しかしその喜びもつかの間、旅先のペテルスブルクの宿で肺結核におかされ、日本に向かう帰路、シンガポール洋上で、その波瀾に富んだ四十五歳の生涯を閉じた。

彼が残した作品は、過半は、彼が生活のためにやむなく書いたものであったが、創作、翻訳、文学論の各分野において、現在文学史上にかがやく業績として、誰しも認めるところである。

その生涯は、ことに文学に限らず、いわば明治という近代文明の先駆者の歩んだ苦難を象徴しているともいえるのであって、そこにひそむ、深い人間的苦悩が、いうまでもなく彼の文学が与える感動の源泉であるが、同時にそれ自体一個のヒューマンドキュメントとして、彼の文学作品に倍する魅力である。

つたない筆で、それを十分にお伝えしえなかったが、もし読者諸氏に多少ともその人物あるいは作品にひかれる気持ちを持っていただけたなら幸いである。

年譜

一八六四年(元治元) 二月三日江戸市ヶ谷尾州藩上屋敷に生まれた。父吉数、母志津の長男である。父は尾州藩士、母もまた藩士の家の生まれである。
*イギリス・フランス・アメリカ・オランダ四国連合艦隊の下関砲撃。第一回長州征伐。

一八六八年(明治元) **四歳** 十一月江戸市中が維新後混乱状態にあったので、母、祖母等に伴われて郷里名古屋へ赴いた。漢学を学ぶ。
*王政復古。東京を首都とする。前年に尾崎紅葉、夏目漱石、幸田露伴が生まれている。

一八七一年(明治四) **七歳** 八月名古屋藩学校に入学。フランス語を学んだ。
*廃藩置県。徳田秋声、田山花袋生まれる。

一八七二年(明治五) **八歳** 藩学校を退学して東京に帰った。
*学制発布。義務教育実施。島崎藤村生まれる。

一八七五年(明治八) **一一歳** 五月島根県吏に任ぜられた父に従い松江に赴いた。松江相長舎に入り漢学を学び、松江変則中学で普通学を受けた。
*ロシアとの千島樺太交換条約成立。

一八七八年(明治一一) **一四歳** 三月進学のため、祖母に伴われて帰京。森川塾に入り代数を学んだ。この年創設された陸軍士官学校を受験したが不合格。

一八七九年(明治一二) **一五歳** 芝愛宕下済美黌に漢学を学び、傍ら成義塾に数学を学んだ。再度陸軍士官学校を受験したが不合格。
*永井荷風生まれる。

一八八〇年(明治一三) **一六歳** 四谷伝馬町水野方(父の実家)に一時止宿した。三たび陸軍士官学校を受験、不合格。

一八八一年(明治一四) **一七歳** 五月東京外国語学校露語科に入学した。
*自由党成立。

一八八五年(明治一八) **二一歳** 五月、父三等主税属で非職となり帰京。神田猿楽町に住んだ。九月、外国語学校が東京商業学校へ合併、その露語科第五年に転じた。
＊尾崎紅葉等硯友社結成。坪内逍遥『小説神髄』『当世書生気質』。

一八八六年（明治一九） **二二歳** 一月、東京商業学校露語科を退学。文壇に進出したい気持をもって一月二十五日初めて坪内逍遥を訪問。四月『小説総論』、五、六月『カートコフ氏美術俗解』を「中央学術雑誌」に発表。

一八八七年（明治二〇） **二三歳** 六月『浮雲』第一編を金港堂より出版。
＊雑誌「国民之友」創刊。

一八八八年（明治二一） **二四歳** 二月『浮雲』第二編を金港堂より出版。七、八月ツルゲーネフの『あひびき』、十月同『めぐりあひ』を「国民之友」に訳載。
＊「都の花」「日本人」創刊。

一八八九年（明治二二） **二五歳** 七月から八月にわたって『浮雲』第三編を「都の花」に連載。自己の作家的才能に絶望して折筆。八月内閣官報局雇員となる。月俸三十円。
＊憲法発布。森鷗外の「しがらみ草紙」創刊。北村透谷『楚囚の詩』、森鷗外『於母影』、幸田露伴『風流仏』。

一八九一年（明治二四） **二七歳** 夏、神田錦町今井館に下宿。九月『浮雲』三篇合冊本を金港堂より出版。十二月、神田東紺屋町福井粂吉方に友人杉野鋒太郎と止宿。
＊逍遥・鷗外の間に没理想論論争起こる。「早稲田文学」創刊。北村透谷『蓬莱曲』。

一八九三年（明治二六） **二九歳** 一月福井粂吉長女つねとの婚姻届けをした。二月、長男玄太郎が生まれた。六月本郷真砂町に転居。
＊「文学界」創刊。

一八九四年（明治二七） **三〇歳** 九月飯田町、十一月神田皆川町へと転居。十二月長女せつが生まれた。
＊日清戦争始まる。

一八九六年（明治二九） **三二歳** 二月つねと離婚。十月翻訳集『片恋』を春陽堂より出版、文壇に再び返り咲いた。
＊「めざまし草」創刊。若松賤子、樋口一葉没。尾崎紅葉『多情多恨』。

一八九七年（明治三〇） **三三歳** 神田美土代町、本郷東片

町、神田錦町と転居。一月から三月までゴーゴリ『肖像画』を「太陽」に、四月ツルゲーネフ『夢かたり』を「文芸倶楽部」にそれぞれ訳載。六月には『浮雲』全編が「太陽」臨時増刊号に載り、文名が上がっていった。十二月、内閣官報局を辞めた。

＊「ホトトギス」創刊。尾崎紅葉『金色夜叉』、島崎藤村『若菜集』。

一八九八年(明治三一)　**三四歳**　一月ツルゲーネフの『猶太人』を「国民之友」に、十一月同『くされ縁』を「文芸倶楽部」に訳載。また三月陸軍大学露語学教授嘱託となったが、急性膝関節炎にかかり一度も勤めぬまま四月、その職を辞めた。十一月海軍省編修書記となる。十一月二十六日、病気と失職のどさくさの間に、かねて脚気と慢性胃腸加答児で入院中の父吉数死去。再び折筆の決心をする。

＊徳富蘆花『不如帰』。

一八九九年(明治三二)　**三五歳**　三月有楽町に下宿。四月森川町十七番地の自宅に帰った。七月頃、海軍省編集書記を辞したものと推定される。九月、東京外国語学校教授となる。

一九〇一年(明治三四)　**三七歳**　一月森川町一番地に居住。同月東京外国語学校教授のかたわら海軍大学嘱託教授となり月給三十五円を受けた。この年佐波武雄にあって渡露の相談をした。

＊十月伊藤博文日露協商の成立をはかった。高山樗牛『美的生活論』、国木田独歩『武蔵野』。

一九〇二年(明治三五)　**三八歳**　三月海軍大学嘱託を辞任。四月頃、佐波の紹介で徳永茂太郎と会い、徳永商店のハルビン支店顧問を契約。五月二日東京外国語学校教授を辞任。五月三日ハルビンへ向かい東京を出発。表向は日本貿易協会嘱託の肩書であったが、内実は徳永商店の顧問であった。六月十日ハルビン到着。ハルビンの情勢おもわしくなく九月初旬ハルビンを出発、商業視察の旅に出た。営口、旅順を経て十月七日北京到着。旅順では東京外国語学校同窓中沢房明に、北京では同じく同窓の川島浪速に会い、川島のすすめで、十月十六日北京の京師警務学堂提調代理となった。月俸銀二百五十元（日本円でほぼ二百円）。渡露を前にこの年の春、高野りうと結婚している。

＊日英攻守同盟条約調印。我が国文壇に自然主義の機運高ま

る。小杉天外『はやり唄』、永井荷風『地獄の花』。正岡子規、高山樗牛没。

一九〇三年(明治三六) **三九歳** 川島との仲が思わしくなく、七月十八日警務学堂提調を辞した。七月二十一日、北京出発帰朝。本郷西片町十番地ろの十四号に住んだ。帰朝後生活のために種々の著作翻訳を計画した。ツルゲーネフの『煙』の翻訳に着手、百四十四枚まで訳したが完了しなかった。

*四月大阪で日本社会主義者大会が開かれた。五月ロシアは満洲に兵力増強、七月、日本は清国に対露強硬を勧告、日露間の空気険悪になる。十一月「平民新聞」創刊。尾崎紅葉没。

一九〇四年(明治三七) **四〇歳** 一月『黒龍江畔の勇婦』を「女学世界」に、二月ポタアペンコ『四人共産団』を「文芸界」にそれぞれ訳載。日露開戦を機に三月、東ロシア及び満洲に関する調査とロシアの新聞の最近情報の翻訳担当という名目で、大阪朝日新聞東京出張員となる。月給百円。六月次男富継生まる。七月トルストイ『つつを枕』を金港堂より出版。同月ガルシン『四日間』を「新小説」に訳載。「大阪朝日」には『摩天嶺の逆襲』(八月二十二日)、『岫巌の役』(八月二十五日、二十九日)、『哈爾賓通信』(十月二十二日、十一月一日)を訳載。十月脳を病み静養のため、北豊島郡瀧野川村字田端に移転した。

*二月十日、日露開戦。田山花袋『露骨なる描写』。

一九〇五年(明治三八) **四一歳** 一月ツルゲーネフ『わからずや』を「文芸界」に、同月『露助の妻』を「新小説」に、二月から三月にわたってゴーリキイの『猶太人の浮世』を「太陽」に、それぞれ訳載。二、三月頃、本郷西片町十番地にの三十四号に転居。この頃、大阪朝日と意志の疎通を欠き、勇退を迫られたが、池辺三山の尽力でそのままとなった。朝日には一月十六日より二月十五日まで『満洲実業案内』を断続的に、十月五日『ひとりごと』、十一月十九日より二十一日にかけて『昨今のウイッテ』、十二月八日より十二日にわたって『其後のウイッテ』、十二月二十五日『某政治家のかぐや姫評』を発表した。

*九月、ポーツマス日露講和条約。夏目漱石『吾輩は猫である』、上田敏『海潮音』。

一九〇六年(明治三九) **四二歳** 一月三男健三誕生。日露

和平にともない、朝日新聞の方針がそれまでの戦争読物から文芸物中心にかわり、社の強力なすすめで、新聞小説を書くことを約束した。一月より三月までゴーリキイ『ふさぎの蟲』を「新小説」に、二月ガルシン『根無し草』、四月ゴーリキイ『灰色人』を「東京朝日」に、それぞれ訳載した。十月十日より『其面影』を「東京朝日」に連載、十二月三十一日まで続いた。文名大いに上がる。『露西亜文学談』(「趣味」十月号)、『未亡人と人道問題』(「女学雑誌」十月号)等雑文の注文も多くなる。またこの年ピルスウッキーはじめ、日本へ亡命してきたロシア革命党員と交わっている。

＊島崎藤村『破戒』、夏目漱石『草枕』、薄田泣菫『白羊宮』。自然主義の機運いっそう高まり文芸界活ぱつとなる。

一九〇七年(明治四〇)　**四三歳**　三月ゴーリキイ『二狂人』を「新小説」に、三月より五月にわたってゴーゴリ『狂人日記』を「趣味」に、七月ゴーリキイ『乞食』を「趣味」に、それぞれ訳載。『平凡』を準備しつつあった六月頃、突然急病に犯され、七十日余り病床にいた。以来、いちじるしく健康をそこねた。八月『其面影』を春陽堂より刊行。漱石の『虞美人草』のあとをうけて十月三十日より『平凡』を「東京朝日」に連載、十二月三十一日に終わった。十二月『カルコ集』(『ふさぎの蟲』『二狂人』『四日間』『露助の妻』を収めた。)を春陽堂より刊行。

＊四月夏目漱石朝日新聞入社、入社第一作である『虞美人草』を六月二十三日―十月二十九日新聞に連載。八月田山花袋『蒲団』。九月谷崎潤一郎等の「新思潮」(第一次)創刊。

一九〇八年(明治四一)　**四四歳**　春来日したロシア人記者ネミーロウィッチ・ダンチエンコを案内、特派記者としてロシア行きの話がもち上がった。二月、『文壇を警醒す』を「太陽」に、『平凡物語』を「趣味」に、『私は懐疑派だ』を「文章世界」にそれぞれ発表。三月『平凡』を「文淵堂、如山堂より刊行。六月『予が半生の懺悔』を「文章世界」に、『眼前口頭』を「早稲田文学」に発表。六月六日、文壇人による二葉亭送別会が上野精養軒において行なわれた。六月十二日、朝日新聞ロシア特派員として新橋駅を出発。六月十四日ロシアから帰朝した後藤新平に敦賀で会見、米原まで同行。六月十七日神戸より神戸丸にて大連へ向かって出発。二十二日大連着。二十七日ハルビン着。七月八日より十四日まで、『入露記』を「東京朝日」に発表。七月十四日ペテルスブルク着。八、九月頃、白夜のために強度の不眠症に悩まされ神経衰弱となり、年末頃ようやくなおった。九月『浮き草』を文淵堂より刊行。

＊文壇は田山花袋、島崎藤村、徳田秋声、正宗白鳥等自然主義作家が大いに活躍、夏目漱石もまた健在、一方、洋行の永井荷風等、耽美的傾向の新文学も台頭して活況を呈した。「アララギ」創刊。島崎藤村『春』、田山花袋『生』、正宗白鳥『何処へ』、夏目漱石『三四郎』、永井荷風『あめりか物語』。国木田独歩没。

一九〇九年（明治四二）　**四五歳**　二月初めて医師の診断を受け、肺結核とわかる。三月十八日入院。四月五日ペテルスブルクを出発。四月九日、ロンドンより日本郵船賀茂丸に乗船。四月十七日マルセーユにつくころ病状が一時快方に向かったが、二十二日ポートサイドに着く前から再び悪化。五月十日午後五時十五分、シンガポール沖ベンガル湾洋上にて逝った。五月十三日午後五時五十分、シンガポール・バセパンシャン丘で火葬された。五月二十九日遺骨をのせた賀茂丸神戸入港。六月二日、東京染井墓地において告別式が行なわれ、埋葬された。

＊一月「スバル」創刊。十月伊藤博文がハルビンで暗殺された。北原白秋『邪宗門』、永井荷風『すみだ川』。

参考文献

二葉亭四迷　坪内逍遙・内田魯庵編　易風社　明42・2
二葉亭四迷―実行と文学の相剋―　坂本浩　子文書房　昭16・3
二葉亭四迷伝　中村光夫　講談社　昭33・12
二葉亭案内（新書版二葉亭四迷全集別冊）　中村光夫編　岩波書店　昭29・6

さくいん

【作品】

【人名】

—完—

二葉亭四迷■人と作品　　定価はカバーに表示

1966年10月30日　第１刷発行©
2018年４月10日　新装版第１刷発行©

・著　者 ……………………福田清人（ふくだきよと）／小倉脩三（おぐらしゅうぞう）
・発行者 ……………………野村　久一郎
・印刷所 ……………………法規書籍印刷株式会社
・発行所 ……………………株式会社　清水書院

〒102-0072　東京都千代田区飯田橋3-11-6
Tel・03(5213)7151～7
振替口座・00130-3-5283
http://www.shimizushoin.co.jp

検印省略

落丁本・乱丁本はおとりかえします。

CenturyBooks

Printed in Japan
ISBN978-4-389-40126-9

Century Books

清水書院の〝センチュリーブックス〟発刊のことば

近年の科学技術の発達は、まことに目覚ましいものがあります。月世界への旅行も、近い将来のこととして、夢ではなくなりました。しかし、一方、人間性は疎外され、文化も、商品化されようとしていることも、否定できません。

いま、人間性の回復をはかり、先人の遺した偉大な文化を継承して、高貴な精神の城を守り、明日への創造に資することは、今世紀に生きる私たちの、重大な責務であると信じます。

私たちがここに、「センチュリーブックス」を刊行いたしますのは、人間形成期にある学生・生徒の諸君、職場にある若い世代に精神の糧を提供し、この責任の一端を果たしたいためであります。

ここに読者諸氏の豊かな人間性を讃えつつご愛読を願います。

一九六六年

清水梅山

SHIMIZU SHOIN

【人と思想】既刊本

老子	高橋進
孔子	内野熊一郎他
ソクラテス	中野幸次
釈迦	副島正光
プラトン	中野幸次
アリストテレス	堀田彰
イエス	八木誠一
親鸞	古田武彦
ルター	小牧治・泉谷周三郎
カルヴァン	渡辺信夫
デカルト	伊藤勝彦
パスカル	小松摂郎
ロック	浜林正夫他
ルソー	中里良二
カント	小牧治
ベンサム	山田英世
ヘーゲル	澤田章
J・S・ミル	菊川忠夫
キルケゴール	工藤綏夫
マルクス	小牧治
福沢諭吉	鹿野政直
ニーチェ	工藤綏夫
J・デューイ	山田英世
フロイト	鈴村金彌
内村鑑三	関根正雄
ロマン=ロラン	村上嘉隆・村上益子
孫文	横山英・中山義弘
ガンジー	坂本徳松
レーニン（品切）	中野徹三・高岡健次郎
ラッセル	金子光男
シュバイツァー	泉谷周三郎
ネルー	中村平治
毛沢東	宇野重昭
サルトル	村上嘉隆
ハイデッガー	新井恵雄
ヤスパース	宇都宮芳明
孟子	加賀栄治
荘子	鈴木修次
アウグスティヌス	宮谷宣史
トーマス・マン	村田經和
シラー	内藤克彦
道元	山折哲雄
ベーコン	石井栄一
マザーテレサ	和田町子
中江藤樹	渡部武
ブルトマン	笠井恵二
本居宣長	本山幸彦
佐久間象山	奈良本辰也・左方郁子
ホッブズ	田中浩
田中正造	布川清司
幸徳秋水	絲屋寿雄
スタンダール	鈴木昭一郎
和辻哲郎	小牧治
マキアヴェリ	西村貞二
河上肇	山田洸
アルチュセール	今村仁司
杜甫	鈴木修次
スピノザ	工藤喜作
ユング	林道義
フロム	安田一郎
マイネッケ	西村貞二
エラスムス	斎藤美洲
パウロ	八木誠一
ブレヒト	岩淵達治
ダンテ	野上素一
ダーウィン	江上生子
ゲーテ	星野慎一
ヴィクトル=ユゴー	辻昶・丸岡高弘
トインビー	吉沢五郎
フォイエルバッハ	宇都宮芳明

平塚らいてう　小林登美枝
フッサール　加藤精司
ゾラ　尾崎和郎
ボーヴォワール　村上益子
カール=バルト　大島末男
ウィトゲンシュタイン　岡田雅勝
ショーペンハウアー　遠山義孝
マックス=ヴェーバー　住谷一彦他
D・H・ロレンス　倉持三郎
ヒューム　泉谷周三郎
シェイクスピア　福田陸太郎・菊川倫子
ドストエフスキイ　井桁貞義
エピクロスとストア　堀田彰
アダム=スミス　浜林正夫・鈴木亮
ポパー　川村仁也
フンボルト　西村貞二
白楽天　花房英樹
ベンヤミン　村上隆夫
ヘッセ　井手賁夫
フィヒテ　福吉勝男
大杉栄　高野澄
ボンヘッファー　村上伸
ケインズ　浅野栄一
エドガー=A=ポー　佐渡谷重信

ウェスレー　野呂芳男
レヴィ=ストロース　吉田禎吾他
ブルクハルト　西村貞二
ハイゼンベルク　小出昭一郎
ヴァレリー　山田直
プランク　高田誠二
ラヴォアジエ　中川鶴太郎
T・S・エリオット　徳永暢三
シュトルム　宮内芳明
マーティン=L=キング　梶原寿
ペスタロッチ　長尾十三二・福田弘
玄奘　三友量順
ヴェーユ　冨原眞弓
ホルクハイマー　小牧治
サン=テグジュペリ　稲垣直樹
西光万吉　師岡佑行
ヴァイツゼッカー　加藤常昭
メルロ=ポンティ　村上隆夫
オリゲネス　小高毅
トマス=アクィナス　稲垣良典
ファラデーとマクスウェル　後藤憲一
津田梅子　古木宜志子
シュニツラー　岩淵達治

タゴール　丹羽京子
カステリョ　出村彰
ヴェルレーヌ　野内良三
コルベ　川下勝
ドゥルーズ　鈴木亨
「白バラ」　関楠生
リジュのテレーズ　菊地多嘉子
リッター　西村貞二
プルースト　石木隆治
ブロンテ姉妹　青山誠子
ツェラーン　森治
ムッソリーニ　木村裕主
モーパッサン　村松定史
大乗仏教の思想　副島正光
解放の神学　梶原寿
ミルトン　新井明
ティリッヒ　大島末男
神谷美恵子　江尻美穂子
レイチェル=カーソン　太田哲男
オルテガ　渡辺修
アレクサンドル=デュマ　辻昶・稲垣直樹
西行　渡部治
ジョルジュ=サンド　坂本千代
マリア　吉山登

ラス=カサス　染田秀藤
吉田松陰　高橋文博
パステルナーク　前木祥子
パース　岡田雅勝
南極のスコット　中田修
アドルノ　小牧治
良寛　山崎昇
グーテンベルク　戸叶勝也
ハイネ　一條正雄
トマス=ハーディ　倉持三郎
古代イスラエルの預言者たち　木田献一
シオドア=ドライサー　岩元巌
ナイチンゲール　小玉香津子
ザビエル　尾原悟
ラーマクリシュナ　堀内みどり
フーコー　今村仁司・栗原仁
トニ=モリスン　吉田廸子
悲劇と福音　佐藤研
リルケ　星野慎一・小磯仁
トルストイ　八島雅彦
ミリンダ王　森祖道・浪花宣明
フレーベル　小笠原道雄

ヴェーダからウパニシャッドへ　針貝邦生
ベルイマン　小松弘
アルベール=カミュ　井上正
バルザック　高山鉄男
モンテーニュ　大久保康明
ミュッセ　野内良三
ヘルダリーン　小磯仁
チェスタトン　山形和美
キケロー　角田幸彦
紫式部　沢田正子
デリダ　上利博規
ハーバーマス　小牧治・村上隆夫
三木清　永野基綱
グロティウス　柳原正治
シャンカラ　島岩
ハンナ=アーレント　太田哲男
ミダース王　西澤龍生
ビスマルク　加納邦光
オパーリン　江上生子
アッシジのフランチェスコ　川下勝
スタール夫人　佐藤夏生
セネカ　角田幸彦

ペテロ　川島貞雄
ジョン・スタインベック　中山喜代市
漢の武帝　永田英正
アンデルセン　安達忠夫
ライプニッツ　酒井潔
アメリゴ=ヴェスプッチ　篠原愛人
陸奥宗光　安岡昭男